六畳間の
侵略者!?
44
JN035195
Episode1
皇家のボードゲーム会
地球の文化について楽しくお勉強!?

人の上に立つって、難しい――
Episode2
リーダーは辛いよ!?
晴海と静香がサンレンジャー相手に講習会!?

〝幼馴染み〟の目指す先は……？
Episode3
幼馴染み二人
幼少期に孝太郎と出会った二人、
それぞれの運命とは――

夏休み！
テーマパークで大豪遊!!
Episode4
意地に関する母娘の結論
ティアが語る夏の思い出は、母にどう響く……？

六畳間の侵略者!?44

健速

HJ文庫
1121

口絵・本文イラスト　ポコ

もくじ

キャラクター勢力図

笠置静香

孝太郎の同級生で
ころな荘の大家さん。
その身に
火竜帝アルゥナイアを宿す。

クラノ＝キリハ

想い人をついに探し当てた地底のお姫様。
明晰な頭脳によって
恋の駆け引きでも最強クラス。

地底人（大地の民）

里見孝太郎

ころな荘一〇六号室の、
いちおうの借主で
主人公で青騎士。

松平賢治

孝太郎の親友兼悪友。
ちょっとチャラいが、
良き理解者でもある。

松平琴理

賢治の妹だが、
兄と違い引っ込み思案な女の子。
新一年生として
吉祥春風高校にやってくる。

孝太郎の幼なじみ

ころな荘の住人

藍華真希（あいかまき）
元・ダークネスレインボゥの悪の魔法少女。今では孝太郎と心を通わせたサトミ騎士団の忠臣。

魔法少女（フォルサリア魔法王国）

虹野ゆりか（にじの）
愛と勇気の魔法少女レインボーゆりか。ぽんこつだが、決めるときは決める魔法少女に成長。

東本願早苗（ひがしほんがんさなえ）
孝太郎に憑りついていた幽霊の女の子。今は本体に戻って元気いっぱい。

幽霊少女

ティアミリス・グレ・フォルトーゼ
青騎士の主人にして、銀河皇国のお姫様。皇女の風格が漂ってきたが、喧嘩っ早いのは相変わらず。

ルースカニア・ナイ・パルドムシーハ
ティアの付き人で世話係。憧れのおやかたさまに仕えられて大満足。

クラリオーサ・ダオラ・フォルトーゼ
二千年前のフォルトーゼを孝太郎と生き抜いた相棒。皇女としても技術者としても成長中。

アライア姫

ナルファ・ラウレーン
正式にフォルトーゼからやってきた留学生。孝太郎達とは不思議な縁があるようで……？

桜庭晴海（さくらばはるみ）
二千年の刻を超えたアライア姫の生まれ変わり。大好きな人と普通に暮らせる今がとても大事。

宇宙人（神聖フォルトーゼ銀河皇国）

地球のお話しで
スク登場!?
ROOM No.106
CORONA-SOU

Episode 1 皇家のボードゲーム会

ヴァンダリオンとの戦いに決着が付いた後も、フォルトーゼの皇族達にはゆっくりしている暇はなかった。国の立て直しや改革は勿論の事、終戦記念式典や祝賀パーティの準備に追われて右往左往。しかしそれでは身体を壊すという皇宮付きの医師達の抗議により、皇族達はローテーションを組んで休暇を取る事になった。

そしてこの日、休みになったのはティアとエルファリア、セイレーシュの三人。だが急に休みになった為、この日の彼女達には別段やる事がなかった。仕方なく三人で集まって、ルースが淹れたお茶を飲んでいるところだった。

「……そういえばティアちゃん、忙しくてきちんとお礼を言っていませんでしたね」

お茶を一口含むと、セイレーシュは一度カップをテーブルに置いた。彼女達がいる皇宮の中庭はガラス張りの温室になっている。まだ寒さのきつい時期だが、太陽の光はカップの中のお茶をキラキラと輝かせていた。

「む?」

両手でカップを持ったティアは、お茶を飲みながら目だけでセイレーシュの言葉に応じた。それは多少お行儀の悪い行為だが、この場所にはそれを咎める者はいない。とはいえ流石に彼女も成長しつつある。自身もカップを置くと、改めてセイレーシュの言葉に応じた。

「……礼を言われるような事はあったかのう?」

「ありますよ。父の事を助けて頂いて、ありがとうございました」

セイレーシュは一度にっこりと笑ってからティアに深々と頭を下げた。実はセイレーシュの父親はフォルトーゼの技術でも治せない病気にかかっていた。だが魔法や霊子力技術を使えば治療は可能だった。そこで戦いが終わってすぐに、それらを併用した治療が行われた。その結果、まだ全快には遠いものの、命の危機は脱していた。そして今も少しずつだが快方に向かっていた。

「わらわは何もしておらん。礼ならあやつらに言うてやって欲しい」

ティアは小さく笑うと首を横に振った。治療に当たったのは真希やゆりか、早苗やキリハであって、ティアは見ていただけで何もしていない。だからティアは、感謝は治療に当たった者へ向けるべきであって、自分へ向ける必要はないと考えていた。しかしそれでいてティアの表情は嬉しそうでもある。仲間達が評価されている事は、ティアにとって嬉しい事なのだった。

「ティア、素直にお礼の言葉を受け入れるのも時には必要な事なのですよ?」

そんな娘の様子がおかしくて、エルファリアは笑う。そうしながら、娘に誇れる友人が出来た事を嬉しく思っていた。

「……………母上、あやつらを連れて来た事への感謝なら、受け入れる余地があります」

「ではティアちゃん、あの方々を連れて来て下さってありがとうございました」

「うむ、連れてきた甲斐があった」

「ちなみに殿下はフォルトーゼへ帰って来る時、レイオス様達に半泣きで力を貸してくれとお願いなさいました」

「まぁ!?」

「ルース！　余計な事を！」

戦いが終わってまだそう多くの時間は経っていないものの、物事が良い方へ向かっているおかげで、ティア達の表情は明るい。そして同時に、フォルトーゼ全体が内戦の影響から抜け出すのも、そう遠くはないに違いなかった。

　この時お茶を淹れていたのはルースで、その几帳面な性格と子供の頃から繰り返した練習が相まって、味も香りもすこぶる良かった。だがそれに何度か口を付けたところで、セイレーシュは不思議そうにカップを覗き込んだ。それに気付いたルースは心配そうに尋ねた。

「セイレーシュ殿下、お口に合いませんでしたか？」

「いえ、そういう訳ではないのですが………ただ飲んだ事のない味だなと。こう見えてお茶には詳しいつもりでおりましたから………」

　セイレーシュは笑顔でそう言った。彼女にも、味や香りは良いと感じられた。ルースの腕は確かだった。だが飲んだ事のない味である事が気になった。セイレーシュの趣味はお茶を淹れる事だったので、お茶に関する様々な知識がある。しかしこの時ルースが淹れたお茶の味は、記憶にないものだった。

「実はこのお茶は地球より持ち帰ったものです」

「地球の？　どうりで記憶にない味な訳ですね………そうか、これがレイオス様の故郷のお茶の味………」

　セイレーシュはカップの中を覗き込んでお茶の見た目を確認した後、改めて口を付けて味や香りを堪能する。渋みのある独特の風味だが、好きな部類の味だった。

「気に入りましたか、セイレーシュさん？」

　ティアとは違って大人びた印象があるセイレーシュが、初めて見せた子供っぽい表情。エルファリアはそんなセイレーシュに笑いかけた。

「はい。もっと色々と飲んでみたいです」

　セイレーシュは笑顔で大きく頷く。この時、彼女のマニア心がくすぐられていた。未知なる星の、未知なるお茶。お茶が趣味のセイレーシュにとっては心躍る話だった。

「もっとないのですか、ルースさん？」

「あと二、三種類なら持ち込んでいた筈です。後程お持ち致します」

「お願いします！」

　ルースの記憶では、ほうじ茶と紅茶は持ち込んでいる。実際フォルトーゼへ来てから淹れた記憶があった。烏龍茶は持ってきていた筈だが、こっちでは淹れていないのではっきりしない。しかしセイレーシュとしては二、三種類でも構わない。あればあるだけ欲しいセイレーシュだった。そんなセイレーシュの姿を見て、エルファリアは再び笑う。

「ふふふ、地球――日本と国交を開けば、幾らでも手に入るようになりますよ」

この時点で既にエルファリアは地球との国交を開く事を心に決めていた。そうなれば地球のお茶は好きなだけ手に入る。セイレーシュにとっても望ましい結果になる筈だった。しかしもちろんリスクは存在する。そこを心配したのがティアだった。

「母上、今の時点で国交を開く必要があるのでしょうか？」

新規に国交を開く場合、トラブルが起こりがちだった。今回の場合は、トラブルはつきものだ。特に技術や経済力に差があると、トラブルが起こりがちだった。今回の場合は、フォルトーゼの技術や資金が一気に地球に流入してしまい、現在ある地球の経済構造が破壊される可能性が高い。それを考えると急ぐ必要はないのではないか、というのがティアの考えだった。

「どうしてもそうする必要があるのです。急がないと危険ですから」

しかしエルファリアはティアとは逆の意見だった。実は彼女は、別の危険が存在すると考えていたのだ。その考え方だと、このまま国交を開かずにいる方が危険だという結論になるのだった。

「陛下、危険とは？」

お茶を淹れる役目を終えたルースが大真面目に尋ねる。いつも笑顔のエルファリアが笑っていない。ルースは嫌な予感がしていた。

「レイオス様やそのお仲間の戦いぶりは国民全員が知るところ。魔法や霊能力、霊子力技術にも当然注目が集まっています。放っておけば違法に地球へ上陸してそれらを手に入れようとする者が現れる。それを確実に防ぐ為には、国交が樹立されている事が望ましい訳です」

フォルトーゼの国民は青騎士とその騎士団に注目していた。もちろん彼らが扱う不思議な技にも注目が集まっている。ゆりかと真希の魔法、早苗の霊能力、キリハの埴輪達。それが何なのかという事は分からなくても、未知の優れた技術である事は分かる。密入国してでも手に入れたいと考える者は多いだろう。しかも多くの場合、それらは危険なテロ組織などが欲しがるに違いなかった。

「今の地球の技術では、フォルトーゼ側からの密入国を防ぐ事が出来ない。テロ組織が自由に密入国して魔法や霊子力技術を探し回り、やがて手に入れた技術を用いてフォルトーゼでテロを起こす――そういう事でしょうか、母上？」

「そうです。大規模に軍を入れて取り締まるには、どうしても国交を開く必要があるのです。銀河条約による制限で、国交のない国に軍を入れる訳にはいきませんから」

フォルトーゼとその周辺国には銀河時代の外交ルールがあり、国交のない国や星に対しては介入してはいけない決まりになっている。密入国を防ぐ場合でも同じだ。やるなら正規のルールに則る必要があった。

「魔法と霊能力、霊子力技術……地球からフォルトーゼへ流入しても困る技術がある。確かに厄介な状況ですね、エルファリア陛下」

セイレーシュも事情を理解し、眉をひそめる。フォルトーゼで魔法や霊子力技術を使ったテロが起きた場合、防ぐ方法も犯人を追う方法もない。地球とフォルトーゼには、双方共に急激に流入すると問題になる技術があるのだ。エルファリアはこの問題で後手に回る訳にはいかないと考えている。だからこそダークネスレインボゥを免責して味方に引き入れたりしているのだ。

「そういう訳で、地球との国交を開く必要があります。しかし当面は人的・文化的な交流が主になります。それ以外はシャットアウトします」

「人的・文化的な交流はする――という事は、このお茶もまた飲める訳ですね」

トラブルは予想されるものの、悪い事ばかりではない。結果としてセイレーシュは地球のお茶の文化に触れる事が出来るようになる。歓迎すべき部分は確かにあった。

「やはり気になりますか、セイレーシュさん?」

「それはもう。レイオス様の故郷の品となれば……」

「国民も欲しがるでしょうね、青騎士を生み出し、育んだ地球の文化を」

そして恐らくそれは国民の希望にも沿う。地球は青騎士の生まれ故郷。青騎士――孝太郎はヴァンダリオンを倒して皇家を救った事から絶大な人気を誇るので、国民は地球の文化、とりわけ孝太郎が好む文化を知りたがるだろう。そしてそれを体験したいと思うだろう。それが可能となる訳なので、国民も喜んでくれる筈だった。

「ルースさん、お茶以外に地球の文化は持ち込んでいないのですか？」

「暇つぶし用に持ってきたボードゲームならありますが」

「ボードゲーム？」

「ゲーム盤とコマを使って遊ぶクラシックなゲームの類じゃ。地球でそれらはコンピューターゲームの台頭によって一時勢力が衰えたのじゃが、最近再評価されて勢いを取り戻しつつあるのじゃ」

「へぇ……そうなのですか」

「ティア、良い機会ですからやってみましょう」

「わかりました、母上。ルース、頼む」

「はい」

当初はどうやって急な休暇を過ごそうかと困っていたティア達だったが、幸いな事に何気ないお喋りが彼女達に時間の使い方を教えてくれた。こうして彼女達はのんびりとゲームをして休暇を過ごす事になったのだった。

ルースが選んだ最初のゲームはすごろく形式のボードゲームだった。パッケージの箱には大きな十二面体のサイコロが入っており、その出目に従って盤上のマスを進んでいく単純なゲームだった。

「ティアちゃん、これは何と書いてあるのですか?」

「これは『人生大逆転ゲーム』と書いてあるのじゃ。ちょっと待つがよい、日本語への翻訳データをそちらへ送る」

「……あ、来ました。ありがとうございます。なるほど、こういう箱なのですね」

「うむ。簡単に言うと架空の人生を体験する内容でな、人生の荒波を乗り越え、最後に一番金持ちだった者が勝つというゲームじゃ」

「楽しそうですね」

「いつも大騒ぎになるぞ」

「そうなんですか……ふふ」

セイレーシュはパッケージと、取り出されたばかりのゲーム盤をじっと眺めている。どちらも日本語で表記されているのだが、セイレーシュが身に着けているコンピューターが彼女の視線に合わせて翻訳の立体映像を投影してくれているので問題はない。彼女は地球の文化に興味津々だった。

「ルース、何故このゲームを選んだのですか?」

「陛下、このゲームはランダム性が強く、初めてこうしたゲームを遊ぶ人間でも安心の作りなのです。また、日本の文化も織り込まれておりますれば」

「なるほど。それならセイレーシュさんの希望にも合うでしょう」

ルースとエルファリアは、お喋りをしながら箱からコマやカードを取り出していく。エルファリアはしばらく地球に居た事があるので、彼女にはボードゲームの経験があり、その言動はいつも通りだった。だがリアクションが薄いエルファリアの代わりは、セイレーシュが立派に果たしていた。

「ティアちゃん、コマが車輪の付いた乗り物になっていますね。これは地球の乗り物ですか?」

「そうじゃ。地球ではまだ内燃式のエンジンを搭載した乗り物が一般的じゃ」

「乗ってみたいなぁ……」

「いずれその機会もあるじゃろう」

「ふふふ、期待しています」

いつもはセイレーシュから説明を受ける方が多いティアだが、地球に関しては説明をする側だった。やはり先行して二年暮らしたアドバンテージは大きい。今のティアはフォルトーゼで一、二を争う地球の専門家だった。そんな時、不意にティアの脳裏(のうり)にある考えが過(よぎ)った。

――――もしかして母上は、こうなる事も有り得ると考えて、わらわをあやつのもとへ送ったのじゃろうか………?

ティアは地球の専門家だ。二年という時間が彼女をそう育て上げた。だからもし地球と国交を結ぶという大事業が始まれば、ティアは自然とその中心に立つ事になる。それはある意味皇帝(こうてい)になる事よりもずっと強いカードになるだろう。地球はただの星ではない。青騎士(あおきし)の故郷なのだから。もしかしたらエルファリアは安全というだけでなく、こういう状況も起こり得ると考え、ティアを孝太郎のもとへ送ったのではないか――――そう考えたティアは、思わず母親の顔を見た。

「ルース、この赤いお札は何でしたっけ?」

「それは借金です。マイナス分をそのお札でもっておく事になります」

「そうでしたそうでした」

だが呑気にゲームの準備をしているエルファリアを見ているうちに、ティアは自分の思い過ごしだろうと思うようになった。

――幾ら母上でも、流石にここまでの事はお考えではあるまい……ふふ……まったく……。

ティアも笑う。それっきりティアはこの疑問を忘れてしまった。そしてティアが忘れてしまったので、真実は闇の中だった。

人生大逆転ゲームは子供の頃から始まる。幼稚園は普通校なのかエリート校なのか、小学校は、中学校は？　それらの期間に得た各種の才能カードが、就職後の収入に影響してくる。才能と職業が上手く噛み合えば良いのだが、運任せの部分が多いこのゲームではなかなかそうもいかなかった。

「くぅ～～～、絵の才能があるのに野球選手になってしもうた！」

「惜しかったですね、ティア。あと一歩で漫画家だったのに」

「野球……ルースさん、野球とはなんなのですか？」

「地球のスポーツです。おやかたさまが大好きなので、わたくし達も時々遊びます」

「いつか体験してみたいです」

「是非に」

就職の時期はゲーム盤上でルートが分岐しており、それで大まかな進路を選ぶ形になっている。ティアは小学生の時に絵の才能を獲得していたので、それを生かせる専門職に就こうとクリエイター系が多いルートを選んだ。ただこのルートにはスポーツ選手も含まれていて、ティアは運悪くそこへ止まってしまっていた。

「おや、私はサラリーマンだそうですよ」

「母上が会社員とは、面白い展開になりましたね」

「セイレーシュ殿下、サラリーマンは企業に所属する会社員の事です」

「陛下とは真逆の人生ですね」

「どんな人生であれトップを目指します」

「……母上はどの職業でも同じではなかろうか」

エルファリアは商社の会社員になった。論理的思考の才能を獲得していたので、交渉の才能程ではないにせよ、会社員でも少し有利になる。会社員でも十分にトップを狙える状況にあった。

「あら……わたくしはアイドル歌手だそうです」

「良い職業に就きましたね、ルースさん」

「ルースには向いておらん気がするが」

「ティア、それは現実の話でしょう、ふふふ」

「でも実際、獲得した才能は工作なので向いていないようです」

「やっぱりのう」

「ティア……もぉ……」

ルースはアイドル歌手になった。アイドル歌手はゲーム中でも一、二を争う程に収入のランダム性が高い。美声やカリスマの才能があればある程度安定するのだが、不幸にしてルースはそうではなかった。しかしこの時のルースは楽しそうに自分の職業カードを見つめていた。自分でも向いていないとは思いつつも、アイドル歌手になった事が嬉しかったのだ。そういう自分ではありえない人生を歩んでいくのも、このゲームの醍醐味(だいごみ)と言えるだろう。

「私はええと……マグロ漁師とありますが、マグロとは何でしょうか？」

「おお、一番ダイナミックな職業に就いたのう」

「マグロとは地球の魚で、食用の大型魚です。日本では多くの人々に好まれ、おやかたさまも大好きです」

「ではレイオス様に喜んで貰えるように頑張ります」

「母上、マグロはいずれ輸入した方が良いかと」

「貴方も大好きですものね、ティア」

「えへへへへ」

セイレーシュは遠洋漁業をする漁師になり、嬉しそうにしていた。こちらもアイドルに次いでランダム性の高い職業だが、彼女には釣りの才能カードがあるので収入が大分安定する。現状では勝利する可能性が一番高いかもしれない。しかしセイレーシュが笑顔である理由はそこにはない。彼女はマグロという地球特有の食文化、そして地球式の船のイラストに胸を高鳴らせているのだった。

「ふむ、野球選手にサラリーマン、アイドルに漁師。職業は良い感じにバラけたのう」

「当たり前ですけれど、地球にも沢山の職業があるのですね」

セイレーシュは今回は使われなかった職業のカードをぺらぺらとめくっていく。そこにある職業は馴染みのないものが多く、知っている職業でも見た目が違っている。カードのイラストにはフォルトーゼと地球の文化の違いがはっきりと出ており、セイレーシュの興味を惹くものが多かった。

「私も行ってみたいです、地球……」

「しばらく我慢しておれ。母上が遠からずこじ開けてくれるじゃろう」

「期待しております」

「お任せなさい、ふふふ……」

ちなみにこのしばらく後、青騎士のこっそり帰国に端を発し、フォルトーゼの世論は一気に地球との国交を開く方向に動いていく。結果的にセイレーシュの希望が早々に叶う訳なのだが、今の彼女達はそれを知る由もなかった。

人生大逆転ゲームが大きく動き出すのは、やはり就職が決まった後からだった。そこまではお年玉やおこづかいぐらいしか収入がなかったのだが、就職すると収入が桁違いに上がる。また株価暴落や自然災害などの予想外の出費も度々起こるようになる。おかげでほぼ横一線だった序盤とは違い、就職した中盤以降は順位が目まぐるしく入れ替わる激しい展開になっていた。

「このままではセイレーシュに逃げ切られる」

「セイレーシュ殿下は大漁続きでしたからね」

「運が良かっただけです」

「ふふふ、運だろうが実力だろうが、勝った者が正義なのですよ、セイレーシュさん」

この時点ではセイレーシュが一位だった。当初は船のローンで苦しんだのだが、大漁が数年続いた事で逆境を跳ね除けトップに躍り出ていた。マグロ漁師がどういうものなのかは、まだイマイチ把握できていない。だがセイレーシュは楽しそうだった。

「うーむ……このまま手をこまねいていては勝てぬの……」

二位はティアで、才能こそ完全にマッチしてはいなかったが、所属チームの実力に助けられて面目を保っていた。

「はてさて、これからどうしましょうかね………？」

妙に楽しそうにしているエルファリアは三位。サラリーマンゆえに収入が安定しているが、思った程には伸びていない。だがエルファリアがこのまま黙っているとは思えず、他の三人はいつ動き出すのかと戦々恐々としている状況だった。

「やはりわたくしにはアイドルは向いていなかったようです。このまま続けるのは下策、やはりここは転職でしょう」

そして最下位はルース。彼女の場合はアイドルという職業と工作の才能が完全にミスマッチで、アイドルだけでは食べていけずアルバイトで生活を支えている状況だった。今は逆転を狙って、必死に転職先を探していた。

「こうなったら最後の手段じゃ。うふふふふ……」

ティアはにやりと笑うと十二面体のサイコロを振った。そして自動車を模したコマを本来進むべきルートではなく、側道の特別なルートに進ませる。

「殿下、思い切った手に出ましたね？」

そんなティアを見て、ルースは微笑む。実にティアらしいプレーだった。

「当然じゃ。一位か最下位か、わらわの進むべき道はそれしかない！」

このままではセイレーシュに勝てない——そう感じたティアは、大逆転の為に最後の賭けに出た。このゲームでは一回のプレーごとに一度だけ、全財産を賭けてのギャンブルが可能だ。勝てば大金が手に入り、負ければ無一文となる。このタイミングでやるのは、トップ以外は最下位も同然と考えるティアだからこその決断だった。

「ティア、倍率を指定せよと書いてありますよ」

「………セイレーシュには後二回の収入があるから、それらが才能の分だけ平均より大きい場合を想定して……ふむ、倍率は二倍ではギリギリ足りぬ……三倍か。母上、三倍で勝負致します！」

「なるほど、人生大逆転とはこういう意味なのですね」

「はい。どの順位からでも、最後の賭けで逆転できる可能性がございます。ランダム性が強過ぎるとの批判もありますが」

「技量だけが試されるゲームばかりでは、常に特定の人が勝ってしまいますから……こういうゲームも必要なのでしょうね」

「仰る通りです、セイレーシュ殿下」

「フハハハハハハッ、いくぞぉおおおっ!!」

ティアは十二面体のサイコロを掴むと、豪快に振った。サッカーボールにも似た十二面体のサイコロがごろごろとテーブルの上を転がっていく。倍率が三倍の場合は、成功率は三分の一になる。具体的には一から四までの数字が出ればいいという事になる。ティア達は息を呑んでその行方を見守った。

コロコロコロ……

「よせよせよせ、にょわぁぁぁぁぁぁぁぁぁっ！」

カタン

サイコロが止まるのに前後して、ティアの悲鳴が上がる。出目は五。残念ながらティアの賭けは失敗だった。

人生最大の賭けに失敗し、ティアは破産した。そしてその事はこのゲーム全体の一つの転機となった。各人が目標を明確に定め、ゴールに向かって動き出したのだ。

「う～～～、負けじゃあ～～～」

ゲームの終了と同時に、ティアはテーブルに突っ伏した。結局ティアは破産が響き、最下位に終わった。破産後に幾らか持ち直してはいたのだが、それでも他の三人には追い付けなかった。

「殿下は攻めてその結果なのですから、仕方がありませんよ」

「そなたは攻めきれなかったのう」

「アイドルに見切りを付けるのが遅過ぎたようです」

三位はルースだった。ルースはアイドルから実業家に転身、アパレルのブランドを立ち上げた。才能とも噛みあっていたのだが、やはり動き出しの遅さが致命傷となった。彼女の保守的な性格と、女の子の心の奥に潜むアイドルへの憧れを捨てられなかった事が敗因と言えるだろう。

「私はどうやら大漁に胡坐をかき過ぎていたようですね。好調なら好調のうちに、次の手を考えておくべきでした」

「仕方がありませんよ、初めてのゲームなのですから」

「次はもっと上手くやろうと思います」

「その意気です、セイレーシュさん」

二位はセイレーシュ。彼女は途中までマグロ漁が大成功でトップを走っていたのだが、資産の運用面で後れを取った。運用方法を絞り切れずにあれもこれもと手を伸ばしている内に、運転資金が足りなくなって利益を生み出せなかったのだ。

「それにしてもティアちゃん、エルファリア陛下はゲームも得意なのですね」

「母上はいつもこうじゃ。知らない間に大金を持っておる」

「どうやら陛下は、最初からきちっと計画なさっておられたようです」

「ふふふ、サラリーマンになった時点で、計画性がないと勝ちようがありませんから」

最終的に一位になったのは、途中までは目立っていなかったエルファリアだった。彼女はサラリーマンになった時からストックオプションで地味に自社株を買い続けた。また会社の業績は才能のおかげで堅調だったので、株価が下がる事はなかった。おかげで目立った行動はしていないのに、気付いてみれば株成金という状態に。これにはエルファリアが社のCEOに就任出来た事も大きく影響していた。そして資産を巧みに運用した結果、僅差ではあるがセイレーシュの上に出る事が出来たのだった。

「それにしても殿下、エルファリア陛下は相変わらずお強いですね」

「だからこそ挑む価値がある！　次じゃ次！　このまま終わってなるものか！」

「おや、まだやるのですか？」

「勝ち逃げは許しませんぞ、母上！」

「わぁ、次はどんなゲームをやるのですか⁉」

もちろん負けず嫌いのティアなので、このまま終わりにするつもりはない。自分からせっせと人生大逆転ゲームの片付けを済ませると、近くにある別のテーブルに積み上げられた他のゲームを物色し始める。四人の戦いはまだ始まったばかりだった。

セイレーシュは人生大逆転ゲームをプレーしたおかげで、アナログゲームの感覚を掴み始めていた。そういう状況を察したティアが選んだ二つ目のゲームは『天誅仕事人』というカードゲームだった。このゲームのルールはシンプルだが、ランダム性が強かった人生大逆転ゲームに比べると、プレーヤー間の駆け引きの要素が幾らか強まる。慣れて来たセイレーシュには丁度良い内容だった。

「ティアちゃん、この殿方の奇抜な髪形は何なのですか⁉」

「それはちょんまげと言ってのう」

「ちょん、ま、げ……？」

「元々は兜を被る時の為に頭のてっぺんを剃ったのが始まりでの。髪をまとめた時にこのようにするのが武士――われらでいうところの騎士の作法になったのじゃ」

　そしてやはり、カードに描かれている絵はセイレーシュの興味を惹いた。このゲームの登場人物は江戸時代の人々なので、セイレーシュにとっては未知の世界。そして武士という存在は、今も騎士がいるフォルトーゼの出身者には気になる存在だった。

「日本も武家社会なのですか？」

「かつてはそうじゃった。今は違うが、それでも魂は脈々と受け継がれておる」

「レイオス様のように？」

「その通りじゃ。このゲームはあの馬鹿のようになって、悪党共を倒していくのじゃ」

「あ、分かり易くなりました」

そしてその武家社会という繋がりが、このゲームの内容を分かり易くしてくれた。武家社会の闇に蔓延る悪党を、陰ながら倒していく正義の士。実は騎士と武士の違いは有れど似たモチーフの物語はフォルトーゼにも存在している。おかげでセイレーシュはこの時点で内容を正しく理解する事が出来ていた。

「それでティアちゃん、どうやって遊ぶのですか？」

「それはのう――」

だんだん楽しくなってきたセイレーシュは、目を輝かせてティアに先を促す。ティアはこれまでそういう子供の様なセイレーシュの姿を見た事がなかった。いつもは年上の落ち着いた女性に見えていたのだ。

――青騎士を生んだ文化を知りたいという気持ちはよう分かる。わらわもきっと昔はこうだったのじゃろうな……。

かつてのティアは青騎士マニアだった。今は実在の青騎士と仲良しなのでセイレーシュの様な反応にはならないのだが、かつてのティアがこういう感じだったのは間違いない。でなければ演劇など書かないのだ。だからティアはセイレーシュの姿を見て、少しだけ懐かしい気持ちになっていた。

　このゲームはまず、各プレーヤーにキャラクターカードを配る。そのカードの人間になったつもりでプレーするのだ。ちなみにティアは砲術使いの新八というキャラクターカードを引いた。ルースは仕込み杖の達磨、エルファリアは毒花の綾女、セイレーシュは剣客の門戸だ。そしてゲーム中に武器や罠、助っ人などを集め、いち早くターゲットとなる悪党を倒した者が勝利する。

　だがそれぞれのキャラクターには武器や道具、状況などに得意不得意があるので、いつも同じ事をしていては勝てない。得意なものが被ると、カードの獲り合いが起こったりもする。加えて確実に勝てるようになるまで準備をするか、それとも見切り発車で運に任せるか、その辺りの駆け引きも重要で、慣れてくると繰り返し遊びたくなる名作カードゲームだった。

「あっ、助っ人カードです！　ふうまにんじゃ……ふうまにんじゃって何ですか？」

「忍者というのは、我らで言うところのスパイじゃな。しかも非合法要員の方じゃ。風魔はなんじゃったかのう、ルース？」

「風魔というのは流派の事で、この流派は隠密行動からの不意打ちで力を発揮します」

「では私の『門戸』の暗殺剣とは相性のいいカードという事ですか？」

「ご明察です、殿下。不意打ち時に攻撃力＋３ですね」

「やりました！」

セイレーシュはカードを引く度に目を輝かせていた。芸者や刀剣、鶯張りの廊下など、彼女の気になるカードが次々と現れる。セイレーシュはカードに見入ったり、効果に一喜一憂したりと忙しそうだった。

「それでは次は私の番ですね……おっと、良いカードを引きましたね」

「何を引いたのですか、母上？」

「門左衛門が打った名刀です」

「母上の綾女は毒使いじゃから、あまりいいカードとは思えませぬが……」

「ルース、このカードとあなたの毒の秘伝書を交換しませんか？」

「交換ですか……悪い話ではないようですが」

「待てルース、早まるでない！」

「良いじゃありませんか。この刀の方がプラスが多いですよ？」

「それなら――」

「罠じゃ！　母上の狙いは他にある！　そなたの手元には刀では無効になるカードがあろ

う！」

「あっ」

エルファリアはゲームシステムを把握し、淡々と決戦に向けて準備を整えていた。各人の手札と考え方を利用して、自分が有利になるように状況を操っている。気付いた時には完全武装、そういう展開が先程から繰り返されていた。そんな訳でエルファリアの甘い言葉による不均衡取引攻撃に横槍を入れたティアだった。

「少し手加減しなさい、ティア」

「母上に手加減など必要ありません。それでこれまでどれだけ痛い目を見たか」

「これは手厳しい」

「全く油断も隙も無い。おっと、次はわらわじゃったな」

「ティアちゃん、何のカードでしたか？」

「賄賂じゃ。奉行所の出動が遅れるようじゃの」

「ぶぎょーしょ？」

「殿下、奉行所はこの時代の警察機構です」

「そこに賄賂……という事は、悪徳警官というやつですね。嘆かわしい」

「ははは、昔の事じゃから、許してやって欲しい」

そんなティアの方はというと、このゲームが得意だった。攻撃的な性格と相性が良く、しかも内容的にも好みなのだ。だが一応初体験のセイレーシュに気を遣って、最初の何度かは手を抜いていた。その分呑み込みの早いエルファリアが勝ったりしていたのだが、手抜きはそろそろおしまいにして勝ちに行く予定だった。

「わたくしの番ですね……ええとこのカードはイベントで、疫病でした。敵味方全ての防御力がマイナス5だそうです」

「うぬぬ、恐ろしいカードを引きよったな」

「ルースさん、エド時代は衛生環境が悪かったのですか？」

「そうではなかったと記録に残っています。同時期の他国に比べると、むしろ清潔であったようです。しかし医療の知識は不足していて、全体としては他国と同じレベルで病気が流行してしまったようです」

「そうでしたか……エルファリア陛下、地球と国交を持つ場合、医療技術などの提供はいかがなさいますか？」

「難しい所ですね。人の命を守る為には一気に提供したい。しかしそれで今の医療現場を混乱させるようではまずいのです。やはり技術の急な持ち込みは避けて徐々に提供、重篤な患者に関しては特例を設けてフォルトーゼ側で治療を行う、というぐらいが落としどころでしょう」

「二人とも、ゲーム中ですぞ」

「あらあら、いけない」

「ごめんなさい、ティアちゃん」

「ホレ、ルース先へ進めぬか」

「はい。わたくしはこちらの物資横流しで防御力を高めます」

ルースのプレーは終始防御的だった。自らの弱点を潰していき、十分に準備を整えてから確実に勝つ方式だ。おかげで他の三人に後れを取りがちだが、勝負に出た時には絶対に勝つので、成績としてはさほど悪くない。また彼女は他の三人のプレーを観察して、その傾向を分析し続けている。終盤はそれに合わせて攻め手を変える予定だった。

――それにしても、エルファリア陛下は……意外とわたくし達の事を思ってプレーしておられるのですね……。

そしてその分析の過程で気付いたのだが、エルファリアが勝つのは他の三人が連勝しそうな時だった。それはルースには誰かが独走しないようにゲームをコントロールしているように見えていた。ルースはその理由を、娘とその友達の為だと考えている。なかなか本音を明かさないし面白がりだが、やはりエルファリアは心優しい人物だったから。

「どうかしましたか、ルース?」

「いえ、今日も陛下はお美しいなと」

「お世辞ばかり上手くなって」

「お世辞だなんて滅相もない。ふふふ………」

ルースは結局、その分析を胸の奥にしまい込んだ。指摘してもエルファリアは認めないだろうし、それを明かしても誰も得をしない。だからルースはただ笑ってゲームをする事にしたのだった。


この『天誅仕事人』は一回のゲームに必要な時間が短い。そんな訳でプレー回数は二十回に及んだ。その結果は驚いた事に、セイレーシュが六勝で一位だった。

「おめでとうございます、セイレーシュ殿下」

「大したものじゃ。このゲームはそなたに合っているのかもしれんぞ」

「皆さんが手加減してくれたからですよ」

「そんな事はありませんよ、胸を張りなさい、セイレーシュさん」

「ありがとうございます、陛下」

セイレーシュはビギナーズラックに恵(めぐ)まれた事と、他のメンバーがルールやヒントを教えてあげた事で初動の混乱を上手く切り抜けた。その時のプラス分で逃げ切った格好になるだろう。そして続く二位の五勝は二人いて、ティアとルースだった。

「今一歩じゃったなぁ……」

「ティア、あなたは攻撃ばかり考え過ぎるのがいけないのでは？」

「そうは言っても母上、攻撃は最大の防御(ぼうぎょ)。何もさせずに勝つのが上策！」

「ルースはルースで、少しばかり慎重(しんちょう)過ぎたのではありませんか？」

「仰る通りです。どうも確実な手ばかりを選んでしまって……性分(しょうぶん)ですかね？」

「あはは、ティアちゃんとルースさんはいつも一緒(いっしょ)だから、二人一緒ならバランスが取れているのかもしれませんね」

ティアは序盤に加減した分と攻撃偏重(へんちょう)の考えが災(わざわ)いして、いま一歩セイレーシュに及ばなかった。ルースの方はやはり守備的な性格が序盤で勝ちを逃(のが)す原因となり、終盤の追い上げでは足りなかった。そして最下位は意外にもエルファリアだった。

「それにしても……母上にしては珍(めずら)しい順位ですな？」

「皆で寄って集って虐(いじ)めるからです」

「陛下はお強いですから、どうしても警戒してしまいます」

「虐めないのはルースだけです」

「わたくしは単に確実なのが良かっただけで、警戒はしておりました」

「味方は居ないのですね。皇帝は孤独です」

　エルファリアは得意のあくどい交渉でカードを集めて強くはなるのだが、他の三人に常に警戒されていたのが悪かった。エルファリアの準備が整う前にティアやセイレーシュがダイス目に頼った勝負に出るケースが多かったのだ。

「しかし陛下は――――」

「なんです、ルース?」

「あー、いえ、陛下は先程のゲームでは大勝したので、全体としては好成績ではありませんか」

「そこで満足する訳には参りません。何事にも圧倒的に勝つのがマスティル家の流儀。ねえ、ティア」

「はい!」

　ルースはエルファリアが他の三人の為にゲームをコントロールしていた事に気付いていたが、ここでもやはり黙ったままでいた。何事にも圧倒的に勝つのがマスティル家の家訓ではあるが、エルファリアにとっての勝利は娘とその友達を楽しませる事だ。わざわざその勝利を、無用な失言で汚す必要はどこにも無かった。

四人が最後にプレーしたのはトレーダーロードというボードゲームだった。このゲームは先の二つに比べて更に難易度は高いのだが、多くの愛好家がいる大人気の作品なので、ティアはセイレーシュに紹介しておきたいと考えた。

その内容はタイルを自由に並べて巨大な荒野のマップを作り、そこを行き交う古代の交易商人となって利益を競うというもの。ゲームのマップが毎回違う配列になるので、交易ルートや商品の組み合わせを毎回変えなくてはならず、遊び飽きる事がない。またライバルの交易ルートに盗賊をけしかけたり、商品の買い占めを行ったりという多彩な駆け引きもある。それが何十年も愛され続ける、名作たる所以だった。

「大寒波じゃ大寒波。誰のところにドカ雪を降らそうかのう～♪」

ティアは引いたばかりのイベントカードを団扇のように動かしながら、他の三人の顔を眺める。ルースは目を逸らし、エルファリアは挑戦的な視線を向け、セイレーシュはただ楽しそうに微笑んでいる。三者三様の反応を楽しんだ後、ティアは決断した。

「ルースの交易ルートの十字路にドーン！」

「殿下、それはあんまりです！」

「あはははははっ♪」

「やはりやってきましたか」

「陛下、やはりとは？」

「あそこは私も後半で交易路として使おうとしていた場所でもあるのです」

「なるほど、そういう事でしたか。大きく見るとルースさんへの攻撃だけでなく、陛下への牽制でもあるのですね」

　ティアがイベントカードで攻撃したのは、ルースの交易路にある十字路だった。そこでは北と東から続く交易路が合流しているので、北からの小麦と東からの黄金、その両方が滞る事になる。またエルファリアが終盤戦に備えて新規ルートの開拓を進めていた方向でもあったので、それを一手順遅らせる意味もある。とにかく攻撃が好きなティアらしい一手だった。

「実は殿下は以前、これと全く同じ事をおやかたさまにやられて、大層悔しがっておいででした」

「こ、これルース！」

「ちなみに攻撃する時の言葉も全く同じです」

「ウッ」

ルースは攻撃を受けた腹いせに、ティアの過去を暴露した。『ティアの交易ルートの十字路にドーン！』というのが、ティアがやられた時の孝太郎の言葉だ。それがとても悔しかったので、同じ事をやってみたティアなのだった。

「まったく、余計な事を……」

子供じみた部分を暴露されてしまったティアは恥ずかしそうに頬を赤らめる。そんなティアの様子に、セイレーシュとエルファリアは声を合わせて笑った。

「あははは、レイオス様も思い切った事をなさるのですね」

「あの方は普段は責任感が強く何事にも慎重なのですが、ゲームの時には好き放題やるようですね」

「特にティア殿下に対しては、子供のような事をよくなさいます」

「うちのティアとレイオス様は喧嘩友達というか、ライバルというか」

「いいなぁ……ティアちゃんは……」

「なんじゃ、あやつに興味があるのか？」

「ない者はいないでしょう、このフォルトーゼには………」

伝説の英雄・青騎士の英雄ではない部分。そこには国民たちは勿論、セイレーシュも興味があった。しかしこの時、セイレーシュは何故か悲しげだった。ティアはそれを不思議に思いながら、話を続けた。

「なんなら今度遊びに来るがよい」

「でも私は皆さんを裏切ろうとした女です」

「裏切る直前で止めたではないか」

「でも………」

セイレーシュは俯く。彼女の表情が暗かったのは、フォルトーゼでの戦いの中で皇家と青騎士を裏切ろうとした事があったからだった。それは父親の治療の為だったのだが、孝太郎達に対して申し訳ない気持ちがあった。だからセイレーシュは素直に笑う事が出来ない。するとそんな彼女の代わりにティアが微笑んだ。

「聞いておろう？　わらわやクランはあやつを殺そうとした事がある。それに比べれば裏切り未遂など、どうという事はない。あやつは許すじゃろうし、歓迎するじゃろう」

「ティアちゃん………」

セイレーシュはそれをクランから聞かされていた。それは確かに驚くべき事なのだが、あくまで成り行きの上の対立であり、しかもティア達は孝太郎が青騎士だと知っていた訳ではなかった。分かっていて裏切ろうとした自分とは違う――――セイレーシュはそのように感じ、気持ちは晴れなかった。

「だいたいじゃな、あやつは青騎士じゃぞ？　どうして反省したのに赦して貰えないなどと思う？」

仮に本当に裏切ってしまったとしても、心の底から反省をしていれば、孝太郎なら許すだろう。ましてや未遂、しかも病気の父親の治療を取引材料にされていたならば、孝太郎が許さない筈はない。ティアにはその確信があった。

「私は………本当は、裏切ってはいけないものを裏切りそうになった自分が許せないんだと思います。心は一度、動いたのですから………」

セイレーシュの悩みの根源は、孝太郎ではなく彼女自身にあった。

セイレーシュもフォルトーゼの生まれだから、青騎士の伝説には格別の想いがあった。アライアと青騎士がフォルトーゼを守り抜いたからこそ今がある、そういう視点で世界を見て来たのだ。そして皇族ゆえに、それを次代へ引き継がんという使命感と誇りを持って生きて来た。

だが父親の病の治療と引き換えに、セイレーシュはそれらに一度背を向けた。そこから実際に足を踏み出す前に思い留まったものの、一度背を向けたのは紛れもない事実だ。言うなればセイレーシュは、それまで自分が生きて来た世界を否定してしまったのだ。彼女は自分のそんな裏切りが許せないのだった。

「あの馬鹿はそういう女の都合など全く気にしないから、悩むだけ無駄じゃぞ」

「そうなのですか⁉」

「うむ。あれは頭のてっぺんから足の先まで、騎士道と武士道だけで出来ている、ザ・グレート・馬鹿・青騎士じゃ」

「ティアちゃんはレイオス様を全面的に信じているのですね？」

「わらわの騎士じゃもの。わらわが信じずしてどうするのじゃ」

「………ティアちゃんが羨ましいです」

ティアは孝太郎と出逢ってから今まで、裏切ってはいけないものは裏切らなかった。手段としての間違いは多かったが、心の奥にあるものは決して揺るがなかった。その強い心がセイレーシュの目には眩しく映る。そして思うのだ。その揺るがぬ心こそが、皇帝の資質であるのだろうと。なればこそ、国民と国に背を向ける事もないのだろうから。

「羨ましがっていてどうする！　間違っていたなら、そんな自分を受け入れ、その上で間違いを正せ！　そしてライバルを正面から乗り越えるのじゃ！」

「ティアちゃん、それは私にティアちゃんを越えろと言っているように聞こえますけれど」

「そう言うておる。今度の事件で思い知った。今の時代、我がマスティル家だけでは大きな事件は手に余る。そなたやクランの力が要る。わらわに負けぬ強い力が、な」

そんなティアの力強い言葉を聞き、セイレーシュは自分に足りないものに気が付いた。そして同時にかなわないな、とも思った。だがそこで終わってはいけない。その事実を受け入れ、直視して改善する。今のティアを越えていかねばならないのだ。今度こそ、裏切ってはいけないものに背を向ける事がないように。

「銀河は広過ぎる。地球は遠過ぎる。もはや皇女や皇帝が一人で頑張れる時代ではない。確実に味方だと分かっている者同士で支え合う事が肝要じゃ。これからのフォルトーゼと地球には、そなたの力も必要なのじゃ」

「広過ぎる新しい世界の為に……そうですね、やってみます！」

アライアの時代、二千年前のフォルトーゼは大陸の片隅にある小さな国の一つだった。だから皇女や皇帝一人の舵取りで問題はなかった。しかし国土が銀河規模に拡大し、しかも宇宙の彼方にある地球と国交を持つとなると、通信技術が発達しても一人では手が回り切らない。どうしても志を同じくする舵取りが複数人必要になって来るのだった。

「その意気じゃ。差し当たってこのゲームで勝ってみるがよい。ホレ、今度はそなたの番じゃぞ」

「はい、頑張ります！」

セイレーシュは思う。自分の弱さを克服して、今の自分に胸を張れるようになったら、地球へ行って――その頃には流石に帰っているだろう――孝太郎に会おうと。会ってこうして、一緒にゲームをして貰おうと。今のティアがそうしているように。そしてフォルトーゼには信頼出来る味方がいますと、胸を張って告げてこようと。

トレーダーロードの平均的なプレー時間は一時間となっている。しかし何故だか不思議と四人はお喋りで脱線する事が多くなり、終わった時には三時間が経過していた。既に日は傾き、夕食の時間は目前だった。

「いやー、まさか全員破産とはのう………」

しかもその結末は意外な事に引き分け。ティアが一番気に入らない、曖昧な結末になってしまっていた。

「全員で海に出ている時でしたからねぇ………」

セイレーシュは笑う。全員で交易路の拡大で海に出た時、大嵐のイベントが起こってしまった。それでプレーヤーが死亡という事にはならないのだが、船が沈んだ事で大きな損失を出してしまった。その損失分を取り返す事が出来ず、全員が破産してゲームオーバーとなってしまったのだった。

「エルファリア様まで破産とは珍しい展開でございましたね」

「ふふ、私もあのビッグウェーブに乗りたかったのです」

「おやかたさまの病気がうつったのかもしれませんね」

「確かに、そんな気がしますねぇ」

特筆すべき点は、頭脳派のエルファリアが他の三人と一緒に破産してしまっていた事だろう。全員で海に出て最後の大勝負という面白展開に惹かれた結果だ――という事になっているのだが、ルースは実はそうではないだろうなと思っている。あの時エルファリアがトップであり、彼女だけが船を出さずに守りに入れば、非常につまらない展開となってしまう場合が考えられた。他の三人は仮に航海が成功しても、エルファリアには届かない可能性が高かったのだ。それではみんなつまらなかろうな、という気持ちが働いて損失が出る場合が多々ある航海に出た――ルースはそう考えている。結果は予想外の全員破産だったが、これはこれで楽しい良い結末と言えるだろう。

「セイレーシュ、そこの小袋を取っておくれ」

「はい、どうぞ」

「ありがとう。ところでセイレーシュ、どうじゃった？　地球のゲームは」

もうすぐ夕食なので、ティアはゲームを片付け始める。そうしながら片付けを手伝ってくれているセイレーシュに笑いかけた。

「地球の文化に触れられて、とても面白かったです。早急に輸入する必要があるんじゃないかと思います」

セイレーシュはそう言うと笑顔を作った。彼女はこの休暇にとても満足していた。やはり見知らぬ星の文化は興味深い。しかもそれがゲームとして体験できるのは大きなプラスだった。更に言うとこれらのゲームは青騎士こと、孝太郎が好むという。国民も絶対に欲しがるに違いなかった。

「それは良かった、持ってきた甲斐があった」

ティアは嬉しそうに微笑む。自分が好きなものを気に入って貰えるのは嬉しい事だ。だからティアはこの時、機会を見て地球からもっと持って来ようと考えていた。そんなティアの様子を見て、ルースはエルファリアに質問する。

「ところで陛下、日本との国交を開く場合、こうしたゲームの輸入は可能になるのでございましょうか？」

「ゲームなら文化と人的な交流に含まれるでしょうね。しかしまあ、一番輸入したいのはレイオス様本人ですが」

「それは確かに」

ルースは思わず大きく頷いた。今のところ孝太郎はあくまで地球人。フォルトーゼの国民にとって孝太郎――青騎士をフォルトーゼの国民として迎えるのは悲願だろう。

「しかし母上、あの馬鹿が果たして首を縦に振るかどうか」

ティアは腕を組んで眉を寄せる。ティアには孝太郎が俺は地球人だと言い張る姿が目に浮かぶようだった。

「振らせるのです、どんな汚い手を使ってでも！」

「はい！」

しかしエルファリアの力強い言葉で、ティアに笑顔が戻った。嫌われない範囲でならどんな手でも使う。無理矢理にでも勝つのがマスティル家の流儀だった。

「陛下⁉　殿下ぁ⁉」

もちろん真面目なルースは目を剥く。そしてセイレーシュはというと、彼女はこの状況に呆気に取られていた。

「貴方にも協力して貰いますよ、セイレーシュさん。あなたはウチの皇女達の中では貴重なお色気要員です。裏切りがどうのとか言っている余裕はありませんよ!?」

「は、はぁ……………」

「どういう事ですか母上っ!?　わらわには色気はないとっ!?」

こうして四人のゲーム会は終わった。だが早くも新たなゲームが始まっていた。エルファリアが始めたこの新しいゲームは、ここには居ないクランも巻き込んで既に幾つもの策が動き出している。何も知らない孝太郎は、この少し後に勝手に地球へ帰ってしまう。おかげで彼女らの最初の策は空振りに終わる事になる。しかし彼女らはそれをバネにして、さらに大きな一手を打つ事になるだろう。彼女達のゲームは、この先もしばらく続いていくのだった。

Episode2 リーダーは辛いよ!?

吉祥春風高校にはお料理研究会がある。このお料理研究会は分類上は部活動の下位カテゴリ、同好会にあたる。同好会は予算こそ少ないものの、活動報告の義務がなく、また活動そのものへの縛りも少ない。結果的に同好会会長の交代は必要になった時に、というケースが多い。運動系の部活動の場合は秋に大会があるので、そこが交代のきっかけになりがちだ。同好会の場合はそのきっかけが年明けにある。それは新年度を目前に控え、新入部員の勧誘の準備に取り掛かる事だった。

「――という訳で、昨日から私がお料理研究会の会長になりまして」

「おめでとうございます、笠置さん。大変ですけどやりがいのある仕事なので、頑張って下さいね」

「ありがとうございます。そこで……なんですけど、桜庭先輩に心構えなどをご教授願えたらと思いまして」

「ああ、そういう事だったんですね」

静香は昨日、お料理研究会の会長に就任した。だが右も左も分からぬ状態なので、不安と悩みが多かった。そこで編み物研究会の会長をしていた晴海に相談を持ち掛けた、という訳なのだった。

「構いませんよ、私の知っている範囲で良ければ」

「是非お願いします、桜庭先輩！」

もちろん晴海は協力を惜しまないつもりだった。そもそも晴海には、大切な友達の真面目な相談を断るような発想はない。出来る限りの事をしてあげたいと考えていた。

「早速なんですけど、新入生の勧誘ってどうやるんですか？」

「ええと確か、最初は生徒会に届け出をする必要があります」

こうして二人は一〇六号室のちゃぶ台を挟んで向かい合い、話を始めた。日が沈むまではまだかなりの時間があるので、もうしばらくは誰も帰ってこないだろう。相談には十分な時間が取れる筈だった。

「多分、もう少ししたらそれについての説明会がある筈です」

「ちゃんとそういうのがあるんですね、良かった」

「届け出をせずに勧誘をするとペナルティがあるので、注意して下さいね」

「ペナルティ？」

「予算が減ったりとか、活動停止一週間とか。違反が酷い場合は廃部や廃会なんて事もあるみたいです」

「怖い怖い、ちゃんとしないと………」

静香が疑問に感じている事を順番に述べ、晴海がそれに丁寧に答えていく。二人とも根は真面目な方なので、話は細かい部分にまで及んだ。静香は元々大家をやっているし、晴海はアライアの影響を受けている。二人とも責任感が強く、気になる点はしっかり確認せねば気が済まない性分だった。

「――だから本当は三人が良いんですけど、私の場合は他が幽霊会員だったので、一人でやらざるを得なくって」

「でも先輩はそのおかげで里見君を引っ掛けた訳ですし、大きく見れば良かったんじゃないですかね？」

「引っ掛けたって………別にそんなつもりは………」

「どうやって引っ掛けたのか、詳しく知りたいんですけれど」

「もぉ………みんな最近意地悪です！」

「それはですね、最近は桜庭先輩が元気になってきたから、多少当たりをきつくしても良いかなぁって」

しかし話題にたまたま孝太郎が登場したところから、二人は徐々に脱線を始めた。研究会の会長、つまりリーダーとしての心構えや注意点の話から、親しくしている孝太郎の話へ。結局は十代の少女。時折それらしい話題への脱線は避けられなかった。

「それは嬉しいような、悔しいような……」

「あはは、でもですね、そういうのを差し引いても、正直な所はどうだったのかっていう気持ちはあります。だってほら、里見君と最後に出逢ったアライアさんが、必死になって最初に逢いに来た訳じゃないですか」

「それはまあ……はい……」

晴海の声がどんどん小さくなっていく。それはまるで孝太郎と出逢う前の、内向的だった頃の彼女のようだった。だがそれとは明らかに違っていたのは、彼女の頬が赤らんでいた事だろう。声が小さくなるのは、他人との接触が苦手だったかつてとは違い、今はただ話題が恥かしいものであるからだった。

「だから知りたいんです。同じ人を好きになった、女の子として。本当のところはどうだったのかなぁって」

「……そ、そういう事でしたら……分かりました……」

アライアが晴海になって孝太郎のもとへ現れたのは、ひとえにシグナルティンに備わった基本的な機能によるものだ。だがアライアはシグナルティンを操るチューナーであったから、無意識にでも不要だと思えばその機能は無くなっていただろう。無くならなかったのは、間違いなくアライアが孝太郎へ向けていた愛情ゆえ。いわば愛情が明確に形として示されているようなもので、晴海としては言い逃れが難しい状況だった。そして静香の言い分も理解出来る。他ならぬ晴海自身も、他の少女達がどうやって孝太郎との関係を築いたのかには興味があったから。

「ただし私の話が済んだら、笠置さんはどうだったのかも聞かせて下さいね？」

「ウッ……そ、そっか、そういうものですよね。わ、分かりました、話します」

晴海だけでなく、静香も顔を赤らめた。静香も静香で、自分と孝太郎の間に起こった事をとても大切にしている。本当なら明かしたくはない部分だが、自分が同じ事を既に晴海に要求している以上、そういう訳にもいかない。話をする事を予感した静香の心の中で、孝太郎との出会いから好きになってしまうまでの出来事が順番に流れていく。同じ事は晴海の心の中でも起こっていたから、二人は互いに顔を赤らめて沈黙、非常に居心地が悪い時間が続く事になった。

「………さ、最初はですね………」

沈黙を破ったのは晴海だった。このままでは居心地が悪い時間が延々と続く。状況を打破するには自分が話すしかない。この二年程で度胸が付いた晴海の決断だった。

「何も、分からなかった、です」

「分からなかったんですか？　里見君が？」

「はい。変な男の人に絡まれて、それどころではなかったというか………当時は男の子というか、他人との接触が苦手で………私がどうしていいか分からず混乱しているうちに、里見君が気付いて助けてくれたんです」

話していると晴海の胸に当時の事が蘇ってくる。二年前の三月一日、それこそ新入生の勧誘の日。必死に声を上げても、周囲の熱気溢れる勧誘の声に掻き消されてしまう。そんな時にやってきた、部活動よりも女の子に興味があるだけの男の子。幾ら拒絶しても引き下がらず、逃げようにもその男の子は晴海の腕を掴んで逃げられないようにしていた。その時は本当に怖かった。当時の晴海にはどうしようもない状況で、恐怖で身体が竦み、心は押し潰されそうになっていた。そこへ通りかかったのが孝太郎だった。

「ちゃんと来たんですね、白馬の王子様が。いいなぁ………」

「最初は里見君の登場にも驚いていたんですけど、後になって冷静に考えてみたら、自分でもよく分からない感情があって……里見君には何故か警戒心が湧かなくて。むしろ安堵していたような……それを単なる一目惚れだと思っていたんですけれど」

　その時に孝太郎が何をやったのかは正直よく覚えていない。ただ問題の男の子が逃げていったという事と、そして自分が安堵していたという事だけは覚えていた。冷静になってみれば、迷惑な男が別の男に変わっただけで、安心出来る状況ではない。しかし晴海は何故か確信していた。もう大丈夫だと。この人は大丈夫だと。だからこそ内気な彼女が孝太郎に話しかける事が出来たのだった。

「実際には一目惚れと再会が同時に起こっていて、運命の出逢いが起こりつつ、命懸けの大恋愛が再開したんですもんね。いいなぁ、映画のヒロインみたいで……」

「そういう訳ですから、私がどうこうではなく、アライアさんの想いの強さが引き寄せた出逢いだったんじゃないかと思います」

　アライアの想いが出逢いを作り、自分はそこでオロオロしていただけ。その時の事を晴海はそのように感じていた。アライアが居なければ駄目だったろうと。しかし静香は違う意見だった。

「でも、捕まえたのは桜庭先輩の手柄ですよ」

「え?」

　静香の意外な言葉に晴海は目を丸くする。そんな晴海に軽く笑いかけてから、静香は続けた。

「もし違うなら、二千年前にアライアさんが成功してますよ。ずっと好きだったアライアさんと、一目惚れした桜庭先輩、二人分の気持ちで捕まえたんだと思います」

　アライアだけでは失敗した。それを晴海とアライアで成功させた。静香はそのように解釈(かいしゃく)していた。だが晴海はまだ自信が持てなかった。

「でも、結局は私とアライアさんだけで捕まえた訳ではありませんし。例えば……笠置さんがころな荘(そう)で里見君を捕まえてくれていたじゃないですか」

「……そこを言われると辛(つら)いです。当時の私は里見君がこの部屋に長く住んでくれたら、部屋に幽霊が出るっていう悪い評判を消せるなぁって考えてただけだったんです。桜庭先輩以上に里見君に何も感じていなかったし、経営の為という下心が……うぅ、あの頃の私に説教したい！」

「でもころな荘は御両親(ごりょうしん)の形見だった訳ですし、そうなっても仕方がないですよ」

「そうですかねぇ？」

「はい。だいたい里見君だって私の為というよりは、セーターを直す技術が欲(ほ)しくて編み物研究会に入ったんですよ？」

「……形見だからって、そう思う事にします」

「私はむしろそういう、意図していないものを運命と呼ぶのだと思っています。何もかも計算尽くで狙った関係って、何だか嫌じゃないですか」

「あっ、何だかそれで納得したみたいです、私」

「あはは、良かった」

「桜庭先輩もですよ？」

「えっ？」

「意図しないものを運命と呼ぶ。桜庭先輩と里見君の間にだって、沢山あるじゃないですか。みんなで捕まえたんですよ。ふふふ……」

「そう言われてしまうと……そうですね、私も自虐的にならないようにします」

「うふふふふっ」

「あははははっ」

二人とも最初の頃の自分に思うところがあったのだが、話している内に気持ちが収まるべき所に収まってくれた。二人ともすっきりとした表情で笑っていた――のだが。

「ああ、ここに居たんですか桜庭先輩、大家さん」

「きゃあぁあぁあぁぁっ!?」

「わあぁあぁあぁあぁぁぁっ!?」

突然話題の中心人物であった孝太郎に声をかけられ、驚いた晴海と静香は同時に素っ頓狂な声を上げた。聞かれたのか、それともギリギリセーフか。心臓が止まりそうになった一瞬だった。だが、それ以上に驚いていたのは当の孝太郎だった。

「なっ、何ですかっ!?　何が起こったんですかっ!?」

孝太郎としては普通に帰って来ただけなので、自分が二人を驚かせたつもりはなかった。玄関でもきちんと「ただいま」と声をかけている。それを聞き逃したのは、二人が会話に集中していたせいなのだ。そんな二人が同時に大きな悲鳴をあげたものだから、孝太郎としては何かトラブルが起きたと考えるしかなかった。そしてもちろん、孝太郎は二人が話していた内容など知る由もなかった。

「ちっ、違うのっ、何でもないのよ里見君!　大丈夫!　全然大丈夫!」

「私達里見君が帰って来たのに気付いてなくて、今声をかけられて驚いたの。そ、それだけ!」

「はあ、なら、良いんですけれど……」

孝太郎は軽く首を傾げる。二人の様子はどこかおかしい。だが女の子という生き物は、しばしば孝太郎の理解を超える言動をする。そしてそういう時に限って、追及すると大火傷をする。二人の様子からそういう時に特有のオーラを感じ取った孝太郎は、追及するのは止める事にした。最近は女の子の都合にも気が回るようになってきた孝太郎だった。

「そ、それで里見君はどうしたのっ⁉」

「そうそう！　私達を捜していたような口ぶりだったけど……」

「ああ、それです！　忘れるところでした！」

晴海と静香としては話を誤魔化すのに必死だっただけなのだが、結果的にこれが良かった。孝太郎は重要な用件で二人を捜していたので、この段階で完全に意識の中から二人の奇妙な言動の事は消え去っていた。

「実はサンレンジャーの連中が、先輩と大家さんに教官になってくれないか、という依頼をしてきたんです」

「教官って、つまり何か教えるって事ですか？」

「私と桜庭先輩なら、お料理と編み物ぐらいなら教えられると思うけど……」

「魔法を使ってくる敵との戦い方を習得したいんだそうです。ほら、今後そういう事が起こり得るので」

『魔法の教官⁉』

二つの声が綺麗に重なり、その直後、二人は全く同じタイミングで顔を見合わせた。驚いた事にサンレンジャーの依頼は、晴海と静香に魔法が絡んだ戦闘を習いたい、というものだった。

　サンレンジャーが魔法戦の教官を求めていたのは、大きな意味においては彼らが昇進したからだった。当初は給料泥棒とまで言われていたサンレンジャーだが、実際に侵略者と遭遇して多くの戦闘を経験し、現在ではエリート部隊となっている。その結果ただの兵士ではいられなくなり、自ら前線に立ちながら作戦を指揮する立場へ昇進、多くの人間の命を預かる事となった。そして神聖フォルトーゼ銀河皇国が日本に国交を求めた事でその存在意義が高まり、今では宇宙外交の要とまで言われている。そんな彼らが現在の情勢と、自らや部下達の能力を見比べた時、ある一つの大きな欠陥を発見した。それが魔法に対する対処能力の欠如だった。

「――魔法や霊子力をフォルトーゼに流出させたくない訳ですから、当然それらを扱う者達を敵に回して戦う状況が想定されます。しかし霊子力はともかく、魔法についてはサンレンジャーには情報がありません」

「そういえば確かに、魔法に関しては地底の騒動の時にチラッと見ただけの筈よね」

「その状態で取り締まりをするのは自殺行為です。そこに気付くあたり、流石ですねサンレンジャーの皆さん」

孝太郎の説明に静香と晴海は大きく頷いた。サンレンジャー達とは共に戦った事があるので、彼らが持っている情報に関しても想像がつく。サンレンジャーが利用している装備は、過去に大地の民から抜け出した者達がもたらした、霊子力技術を下敷きにしている。だから多少遅れているとはいえ、霊子力技術の何たるかは分かっている。だが魔法に関しては殆ど情報を持っていない。孝太郎達が魔法を使うところを何度か見たのと、強いて言えばタユマが渦に呑まれた時の怪物とその力を見ただけだ。それがどういう力であるのかという点に関しては、全く分かっていないレベルだった。その状態で魔法の密売を阻止するとなれば、魔法による反撃で壊滅しかねない。自分達と部下達の命を守る為には、早急に魔法に関する情報が必要なのだった。

「だからその危険な状況を避けるべく、俺達に魔法の事を教えてくれと言ってきた、という訳なんです」

「なるほどねぇ………言われてみれば、そりゃあそうだわ。私だって空手の試合の時は相手の研究するもん。コーチがどこの流派かとか、どの技で有名な人かとか」

「敵を知り、己を知れば百戦危うからず。正しい知識さえあれば、霊子力技術を持つサンレンジャーの皆さんなら魔法使いが相手でも後れを取る事はないでしょうね」

「そんな訳ですから、桜庭先輩と大家さんにお願いできればと思うんですが、二人ともどうでしょうか？」

二人とも話は良く分かったし、この状況なら当然だろうとも思う。しかし孝太郎が自分達を選んだ事には少しばかり疑問があった。より適任者がいるように思えたのだ。

「でもその辺の話になってくると藍華さんが適役なんじゃない？」

「それに真希さんは軍事組織出身ですから、向こうの人達にも上手く教えられるのではありませんか？」

二人が考える適任者とは、真希の事だった。真希は魔法戦のエキスパート。使える魔法の数だけなら晴海やゆりかに幾らか劣るものの、複数の魔法を組み合わせて戦う事に関しては他の追随を許さない。サンレンジャーが知りたい技術は正しく真希が持っている。加えて真希はダークネスレインボゥ───軍事組織の出身なので、戦闘訓練に必要な事もきちんと理解している。だからサンレンジャーに派遣するなら、真希の方が良いのではないか。これは正しい判断だろう。

「藍華さんは今、フォルトーゼの使節団の護衛についているんですよ」

孝太郎もそこは分かっていた。だが真希には重要な仕事があり、身動きが取れない。地球へ交渉にやって来ているフォルトーゼの使節団の護衛についているのだ。幻術や精神操作系を得意とする魔法使いは、移動して刻々と状況が変わる使節団の護衛にはぴったりなのだ。しかしサンレンジャーの話も急ぐ必要があり、真希が自由になるのを待つ訳にはいかない。真希が自由になる、イコール交渉がある程度まとまるという事なので、その時点でサンレンジャーは魔法の対策が出来ていないと困る訳なのだった。

「それは代われそうにないですね、私達では」

「護衛なんて本当に知識と経験がモノを言いそうですもんねぇ………」

要人の護衛は晴海と静香には出来ない仕事だった。魔法の教官以上に、真希の知識と経験が必要になる分野だった。だから二人はここで覚悟を決めた。

「そういう事なら仕方ないわね。私と桜庭先輩で何とかしましょうか」

「はい、頑張りましょう」

静香と晴海は孝太郎の頼み――――正確にはサンレンジャーの頼みだが――――を聞き入れる事にした。

「えっ、良いんですか?」

孝太郎はもう少し説得に時間がかかるだろうと思っていたので、この時は少しばかり驚いていた。拍子抜けという表現が一番近いだろう。

「本当は良くないけど、そうも言っていられないでしょ」

「ふふ、会長さんらしくなってきましたね、笠置さん」

二人とも状況は理解していた。そしてその危険性も。だからこそ二人は自分達がやる事にした。そうしない事には、多くの命が危険に晒される。町の人々の命はもちろん、かつて共に戦ったサンレンジャーの命も大切だった。それらが無策で失われた時、二人は笑顔でいられる自信がなかった。

「助かります。早速向こうに伝えます」

孝太郎は小さく安堵の息を吐き出すと、笑顔を作った。

――――俺が言うまでも無かったか。冷静に考えてみれば、桜庭先輩と大家さんなんだもんなぁ………そりゃあそうか………。

晴海と静香は仲間内でトップを争う人格者で思慮深い。孝太郎はそんな二人を説得しようとアレコレ考えていた訳なので、釈迦に説法以外の何物でもない。思わず苦笑が出てしまうのも仕方のない事だろう。

「ところで里見君、私と桜庭先輩には、里見君からご褒美が出るのよね？」

「ウッ………ぜ、善処します」

「んふふ、期待してるから」

「そういう交渉手腕(こうしょうしゅわん)は私にはありませんでした。参考になります」

「あ、あまりスゴイのは勘弁(かんべん)して頂けると助かると言いますか……」

「どぉしよっかなぁ〜〜?」

だが幾ら人格者で思慮深くとも、二人はあくまで年頃(としごろ)の女の子。説得では苦労しなかったものの、別の苦労が確定した孝太郎だった。

二人がサンレンジャーの施設(しせつ)を訪ねたのは、孝太郎から話を聞かされた次の土曜日の事だった。先日卒業した晴海には曜日は関係なかったものの、静香はまだ春休み前だ。サンレンジャー達には僅(わず)かながら時間の余裕があったので、学業に配慮(はいりょ)して一応平日を避けた格好だった。サンレンジャーの施設は吉祥春風(きっしょうはるかぜ)高校の校舎にも密(ひそ)かに新設されていたが、この日二人が向かったのは町の方にある以前から使われている施設だった。近隣(きんりん)で戦闘訓練が可能な施設はこの場所だけだった。

「お久しぶりね、晴海さん、静香さん。元気そうで良かった」

「メグミさんもお変わりなく」

「皆さんもお元気ですか？」

「ええ、元気が余っているくらいよ。それと、よく来てくれたわね、二人とも」

「みんなの為ですから」

「でも杞憂で終わって欲しいです」

「私もよ。平和が一番だわ」

　二人を出迎えたのはピンクシャインこと、メグミだった。静香と晴海は年頃の女の子。ここは唯一の女性隊員に任せた方が良いだろうという判断からだった。ちなみに普段の来客対応は最年少のコタローが担当している。今日は特別だった。

「二人とも、そこにあるソファーにかけて待っていてくれるかしら？　すぐにみんなを呼んでくるから」

「はい、分かりました」

　晴海は指示に従って事務所の端に置かれたソファーに腰を下ろす。そして晴海が事務所を出ていくメグミを何気なく目で追っていると、隣に座った静香が晴海の耳元に囁きかけた。

「………桜庭先輩」

「……どうかしましたか？」

「……どうもしないんですけれど、メグミさんって以前もあんな感じでしたっけ？　もうちょっとこう……」

「……トゲトゲしていた？」

「……やっぱりそう思います？　なんだかこう、トゲトゲしさが取れて、優しい感じになったというか……」

「……うーん、何があったんでしょうねぇ……」

さっき会った時から、二人はメグミに軽い違和感を覚えていた。かつての彼女と比べると、今の彼女は全体の印象が何処となく優しくなっているように感じる。女性として一回り成長したというべきだろうか。二人はそれを不思議に思っていたのだが、その理由は彼女が戻ってきた時に分かった。

「メグちゃん、僕はお茶を淹れて来るよ」

「ありがとうダイサク君。ダイサク君のお茶は評判が良いから助かるわ」

仲間を呼びに行ったメグミは、ダイサクと一緒に戻ってきた。彼はたまたま近くに居たのだ。そのダイサクは晴海達の方へは来ず、事務所のソファーとは反対側にある給湯機の方へ向かう。ダイサクは晴海達の為にお茶を淹れに行ったのだ。実は食通のダイサクはお茶を淹れるのがサンレンジャーで一番上手かった。

「評判はともかく、お客さんの事をメグちゃんだけに任せてはおけないよ」

「………信用無いんだぁ、わたしぃ」

「そっ、そういう意味じゃなくってさ」

「知ってる。ちょっと困らせたかっただけ♪」

「メグちゃん、お客さんの前だよ」

「しまった、ごめんなさい二人とも。それとダイサク君も」

そしてこの時のメグミとダイサクのやり取りで、晴海と静香は何故メグミの印象が優しくなっているのかを理解した。メグミとダイサクは交際しており、その新たな関係性が彼女の精神を安定させ、印象を優しくしている。恋は女の子を変えるというが、その好例と言えるだろう。

「いいなぁ、ああいうの………」

静香はメグミとダイサクの姿に羨望の溜め息をつく。やはり女の子としては憧れるシチュエーションだった。すると晴海は口元に手を当ててくすりと笑った。

「笠置さんは意外とやってますよ、あの感じ」

「そ、そうですか?」

晴海に指摘されると、静香は顔を赤らめた。自分ではやっている自覚がなかったので、驚きと恥ずかしさは大きい。静香は大慌てで記憶を探り始めた。

「この間、里見君にご褒美のおねだりをした時とか」

「あぁぁぁ………」

「お弁当を里見君に褒めて貰った時とか」

「ふわあぁぁぁぁぁっ、もうやめて下さい桜庭先輩っ！」

「ふふふ、私もやってみようかなぁ………里見君驚くだろうなぁ………」

そうやって二人がお喋りをしていると、再び事務所のドアが開いて数人の男達が入って来る。ケンイチ、ハヤト、コタロー、そして司令官を務める六本木博士。これで太陽部隊サンレンジャーは全員集合だった。


一同は初めて会う訳ではないので、軽い挨拶が済むと早速本題に入った。最初は六本木博士が、今回の経緯について改めて解説した。魔法を取り締まる上で、事前に魔法を体験しておきたい。この辺りまでは孝太郎から聞いた内容と同じだった。だが、今回の話にはその先があった。

「ちなみにこれは政府には内密に行っている。ワシも含め、全員が有給休暇中じゃ」

「皆さん休日出勤なんですか!?」

「どうしてそんな事を!?」

この時の六本木博士の言葉に、晴海と静香は目を見張った。どうしてそんな事をする必要があるのか、二人には想像もつかなかった。

「残念ながら政府も一枚岩ではないのでのう。不用意に上へ魔法の情報を流したら、それが妙な方向に拡散しかねんのじゃ」

「かといって僕達も死にたくはないですからね。僕達現場レベルでは魔法の対処法を知っておかなければまずいんです」

困惑する二人に六本木博士とコタローが苦笑気味に事情を伝える。フォルトーゼの技術に限っても、政府内で意見が分かれている。だから魔法でも同じ事が起こりかねない。理想は完全に情報を得ない事だが、そうすると現場の兵士達が――――サンレンジャーや黒服達が――――大きな危険に晒される。それを避ける為の処置が有給休暇。休暇中にオカルト情報を手に入れたとしても報告する必要はない。休暇中に神社で呪いの藁人形を見たとしても、報告しないのと同じだった。

「公にはワシらは今日、この場所を借りて懇親会を開く事になっておる」

「昇進して偉くなったのに、色々と難しいのね、正義の味方って」

「皆さん昇進した事で、上の方の都合と、現場レベルの都合の板挟みになってしまったんですね。お察しします」

そしてこの有給休暇こそが、サンレンジャーの立場と意図を明確にしてくれていた。昇進して多くの責任と義務を負ったサンレンジャーだが、彼らは多くの枠の中で最大限、平和な世界とそこに住む人々を守ろうと頑張っているのだ。

「こうしたワシらの事情を踏まえた上で、お二人にご協力頂きたいと思っております。いかがでしょうかな、晴海さん、静香さん」

またこういう際どい状況であっても、彼らは謙虚な姿勢を崩さない。晴海と静香にきちんと事情を説明し、真正面から頭を下げていた。そんな彼らに晴海と静香はノーとは言えなかった。二人は顔を見合わせると頷き合い、笑顔を作った。

「分かりました、お手伝いさせて下さい」

「私達に出来る事だったら何でもするわ！　いいわよね、おじさま？」

『うむ、その志の高さ気に入った。喜んで協力させて貰おう』

「きゃあぁんっ、なんなのこの可愛いトカゲさんはっ⁉」

『ぬ、な、なんだっ⁉』

晴海と静香は改めて思った。サンレンジャーはやはり正義のヒーローなのだ。それは同時に晴海や静香、孝太郎達の大切な仲間であるとも言えるだろう。だから二人には彼らに力を貸す事にためらいはない。苦手だの何だの言わないで、出来る限りの事を伝え、少しでも彼らの力になれるように頑張りたいと思うようになっていた。

こうして正式に晴海と静香から協力が得られる事となったサンレンジャーは、早速訓練を開始した。だが最初に行われたのは厳密には訓練ではなく、ホワイトボードの前に座っての授業だった。

「私が知る限り、魔法には二系統が存在しています。一つは私が使っている古代語魔法、もう一つはフォルサリア、ゆりかさん達が使っている現代語魔法です」

軽い軋み音を立てながら、ホワイトボードに晴海の綺麗な文字が書き込まれていく。書くペースは早く、それでいてバランスが良く、何より読みやすい。字形に女性らしいたおやかさまで含んだ、晴海らしい文字だった。

「古代語魔法はその場その場で即興的に魔法を発動させていきますが、現代語魔法は定型文を組み合わせる事でその手順を簡略化、高速化しています。ですがその分だけ、定型文になっていない部分では微調整が難しい事や、発動に多くの道具が必要になったりしています」

「教官、道具とは具体的にはどのようなものでしょうか？」

ケンイチが手を上げて質問する。道具が特徴的なものなら、取り締まりの時にやり易いと思っての事だった。この質問に対して、晴海の答えは何故か数秒遅れた。

「……そ、そっか、教官って私でしたね。いけないいけない」

その数秒でケンイチが自分に話しかけていたのだと悟り、晴海は顔を赤らめた。だが照れている場合ではない。晴海は気を取り直して話を再開した。

「ゆりかさんと真希さんを思い出して下さい。あの二人が持っている杖と着ている服に魔法の実行式の一部が込められています。ですからそれらを使わずに魔法を使おうとすると威力や発動速度がかなり落ちます」

「古代語魔法並みに、という事ですか？」

「いえ、もう少し下がります。現代語魔法においては、杖と衣装はかなり大きな意味を持ちます」

「そうなってくるとテロなんかで怖いのはむしろ古代語魔法の方か……」

晴海とケンイチの話を聞いて、ハヤトは顎に手を当てて考え込む。扱い難いが道具に依存しない古代語魔法は、事前に発見するのが難しい。だから潜入作戦やテロ攻撃で怖いのは古代語魔法の方、という事になるだろう。

「ですが幸か不幸か、現在では古代語魔法は私しか使っていません。私は少し例外的なケースの魔法使いなので。ですから皆さんの相手は主に現代語魔法を使う魔法使いになりますが、念の為に古代語魔法が使われる事もありうると記憶に留めておいて下さい」

「そいつは朗報だ。だが現代語魔法も杖無し、衣装無しでも幾らかは使える訳だから、どちらにしろ対応は同じになりそうだな」

古代語魔法はその複雑さゆえに才能への依存度が高かったので、利用出来る人間が少なかった。それをフォルサリアでより使い易く一般化したのが現代語魔法だ。彼らは別の世界へ飛ばされてそこで生き延びる為に、そうした変更を必要とした。魔法使いの数をいかに増やすか、そこが生き残りの要だったのだ。結果としてフォルサリアでは古代語魔法の使い手は姿を消し、サンレンジャーの敵として現れる可能性は殆どなくなっていた。フォルサリアを探し回ればごく少数の使い手が見付かるかもしれないが、彼らが古代語魔法を売りたいと考えているとは限らないし、売るにしてもやはりその複雑さが障害となる。取り引きの材料としては、より一般化された現代語魔法が相応しいだろう。

「ではここからは魔法の実行手順を、実演を交えて解説していきたいと思います」

晴海はこれまでと同様に、魔法の実行手順を解説していった。魔法は呪文を詠唱しながら腕と手を動かして掌印を結び、体内にある魔力を目的に合わせて組み替えて現実を改変する。魔法の発動には時間が必要で、強力なものほどその時間は長くなる。精神集中が必要になるので、動きながらでは強力な魔法は使い難い。そうした基本的な情報を伝え終わると、晴海は実際に魔法を使って見せた。

『集い来たれ風の精霊、腕に宿り塊となりて、我が敵を打ち滅ぼせ！』

晴海が掌印を結びながら朗々と呪文を唱えると、彼女の右腕に青い光が宿り、それが空気の渦へと変化する。召喚された風の精霊が、彼女の意志に応えて攻撃の形に変化したのだ。それは圧縮された大気のハンマーだった。

『轟けっ！　大気の大槌っ！』

ゴシャアアッ

晴海が勢いよくその手を振り下ろすと、数メートル先にある訓練用の標的――強度と大きさを人間に合わせた人形――が幾つかバラバラになって吹き飛ぶ。そして訓練施設にはその一撃の名残りの風が吹き荒れた。

「凄い威力だな、ハヤト……手榴弾何個分かの威力がありそうだ」

「だが反面、発動までに何秒か足を止めている。それなら移動しながらランチャーでも撃った方が良いだろう」

サンレンジャーは見た事を頭に入れて、すぐに意見を交わす。彼らや部下、街の人々の命にかかわる事なので、彼らは真剣だった。

「仰る通りです。魔法は個々の魔法だけを見ていくと、通常の兵器に劣ります。ゆりかさんの様な天才魔法使いでもです。しかし魔法の真の強みはそこではありません」

晴海も真剣だった。自分の伝え方が悪ければ、もしもの時に誰かが死ぬ。魔法の流出などなかなか無い状況だろうが、それでも気は抜けなかった。

『集え、水の精霊。舞え、風の精霊。二柱の力を糧として、出でよ雷の精霊！　天空を支配せし雷神の怒りもて、我が敵を断罪せよ！』

バシャアアアアン
続いて晴海が使った魔法は雷撃だった。その白く輝く一撃を浴びた標的は、大電流に耐えかね、内側から破裂するようにして爆散した。

「雷撃か……これも大した威力ですね」

ケンイチは額に滲む冷や汗を拭った。これがテロに使われたら、そう思うと背筋が凍る思いだった。晴海はそんなケンイチに頷いた。

「はい。今見て頂いたように、魔法の真の強みは状況に応じて使い分けが可能である事です。そして武器らしいものを何も持っていなくても突然攻撃に入れる事」

「そういう事ですか……同じ威力で別の攻撃。武器は持っていても杖まで……いや、杖の形状に拘るのは愚かか。持っていない場合もありますもんね？」

「はい。杖ではなく、もっと別のものに実行式を埋め込んでいる場合もあります」

「厄介だな、この自由度の高さ。つまり奇襲向きである訳だから、足を止めなくてはいけないという弱点を補って余りある」

ハヤトが唸る。最悪の場合に自分達が相手にする事になる敵の姿がイメージ出来るようになり、その危険性に戦慄していた。ハヤトは特に、サンレンジャーの作戦担当なので、誰よりもその怖さを理解していた。

「逆に言うと、皆さんの課題は魔法使いの最初の一撃をいかに防ぐか、という事になって来るのではないでしょうか」

「奇襲をさせない、か。厄介な課題だな……ハヤト、何か考えはないか？」

「装置で呪文の詠唱を検知するのが良いかもしれないな。古代語魔法だと必須だろうし、杖と衣装無しで侵入して来た現代語魔法の使い手は威力を上げる為に長い呪文の詠唱が要る筈だ」

「良い方法だと思います。後程魔法言語のデータをお届けします」

「ワシの自宅に、休暇の時に届くと助かるのじゃが」

「はい、そのように手配するように言っておきます」

だが嘆くばかりではない。晴海のおかげで魔法というものを事前に知る事が出来たので、僅かながら対策が立てられるようになった。また遭遇した時の心構えも出来る。これは間違いなく大きな進歩だろう。

「それと例外が笠置さんのようなタイプです」

標準的な魔法の事を伝え終えたので、続いて晴海は例外についての解説に移った。それを聞いて静香が一同の前に歩み出た。

「やっと私とおじさまの出番ね」

『どこまでやる？』

「戦う時にいつもやるぐらいまで。その辺が知りたいんでしょうし」

『そうだな、心得た』

ここで静香の身体が、呪文の詠唱もなしに炎に包まれる。静香は呪文の詠唱をしていないし、掌印も結んでいない。だがその身体を包む炎は十分な距離があるのに熱さが伝わってくるほどのものだった。

「これは……どういう魔法なんですか？」

今度はコタローが手を上げて質問する。コタローは技術担当なので、先程の晴海の説明から外れている静香の姿が気になっていた。

「笠置さんの魔法は身体の中で常に働いています。外に出さない分だけ力が強く、また常に働いているので詠唱や掌印を必要としません」

「こういう事ね」

静香は軽く微笑んでから、訓練施設の障害物として設置してある金属壁に近付いた。そして無造作に壁に拳を打ち込む。

ビキイイッ

次の瞬間、金属壁に拳大の穴が空いた。しかもあまりの拳の速さと威力に、穴は命中した部分だけが綺麗に打ち抜かれ、拳の形をした金属板が殴られた反対側に向かって飛んでいった。穴の縁を見ても、板が歪んだ様子はない。それは金属板が変形してショックを和らげる余裕もない程の一撃だった、という意味だった。

「……ダイサク君、女の子が素手で鉄板を貫いたわ！」

「でも、メグちゃんはあんな事は出来なくて良いからね」

「あなたが浮気をした時には出来ると思うわ」

「それは出来ないってコトだよ」

「うん、そうね♪」

「メグミ姉ちゃんもダイサク兄ちゃんも、いちゃいちゃしてないで話聞かないと」

「これは人間の魔法使いよりも、生まれつき魔力を帯びて生まれて来る生物に多い魔法の使い方です」

「魔物とかってコトですか？」

ゲームでも良く遊ぶコタローなので、魔法には他の面々よりも理解があった。口から火を吐いたりする怪物は、ゲームでも定番の敵だった。

「そうですね、そう考えて良いと思います。どちらかといえば技術として習得した技ではなく、本能的な力という事になります」

『………本能には本能なりの技があるのだがな』

「おじさま、話がややこしくなるから」

『すまん』

「このタイプの欠点は常に力を発動させているせいで目立つ事、また魔力を組み替えて使う自由があまりない事でしょうか」

目立つというのは魔物の姿形だからという訳ではなく、今の静香のように魔力が炎になって身体の外へ漏れ出しているような事を指している。エンジンから熱が出ているのと同じで、魔力が強ければ強い程、このように残滓が漏れ出すのは避けられないのだ。また本能的に働かせている力なので、使い方が画一的になりがちだ。静香の場合、攻防や移動速度の上昇、火炎を吐くくらいにしか使えない。

「確かにこっちの子は熱センサーなりに引っ掛かりそうだな。汎用性と隠密性を犠牲にしたパワー優先のタイプって事か。ダイサクに近いな」

「拠点防衛や制圧任務で大きな力を発揮するだろうな。ふむ、こっちがダイサクなら、本来の魔法使いはハヤト、お前に近いな」

サンレンジャー達は晴海達の解説を聞き、実演を見ながら、彼らなりに魔法に対する理解を深めていく。驚くような事ばかりだが、今驚いておく事に意味がある。そうすれば実際に遭遇した際に冷静に行動できる。多くの命を守る事が出来る。一見とても地味な行動に見えるし、無駄になるかもしれないのだが、彼らは懸命に取り組んでいる。その頑張りは、晴海と静香がヒーローとはこういうものかと感心してしまう程だった。

一通り魔法に関する勉強が済んだサンレンジャーは、実際に晴海と静香を相手に魔法を使った戦闘を体験する事になった。ダメージを与える武器や魔法は使わないし、静香も身体能力の強化は抑え気味で、サンレンジャーもスーツの強化機能はオフにしている。しかしそれ以外はほぼ本気で戦う実戦形式の訓練だった。

「ケンイチ兄ちゃん、僕ら一応正義の味方な訳じゃない？」

緑色のスーツに身を包み、準備運動に余念がないコタロー。やる気は充分であったが、彼にはこの模擬戦にちょっとした引っ掛かりを感じていた。

「そうだな。そう有りたいと思っている。お前もだろう？」

準備運動の動きを止め、ケンイチが頷く。彼らは地底での戦いを通じて、ただの戦士であるより正義の味方であろうという気持ちが強くなっていた。

「うん。だからこそ思うんだけどさ、二人の女の子に五人全員でかかるのは、正義の味方としてはどうかと思うんだけど」

コタローの引っ掛かりは、五対二という人数比だった。大人が五人がかりで――――コタローも見た目はともかく成人済み――――可憐な少女二人に襲い掛かる構図は、どちらかというと悪党のやり口だろう。コタローにはそれはどうなんだ、という正義の味方としてのためらいがあった。

「俺はメンツを犠牲にするぐらいで平和が守れるなら、それでいい」

「そうだね。うん、僕もそれが良い気がしてきたよ」

しかしレッドシャイン――ケンイチの断固とした意志が、コタローのためらいを払った。ずっと給料泥棒扱いだったサンレンジャーなのだ。理想を守れるなら、馬鹿にされるぐらい何ともなかった。

「それにな、どうせ初戦は五人でも勝てないから、気にする必要はない」

「情けない事を堂々と認めたね」

「全てはそこから始まるんだ」

「うん、それも今はよく分かるよ」

サンレンジャーはこれまでの経験から強くなった。だからこそ分かるようになった、晴海や静香の強さ。その強さのひとかけらでも吸収するのがこの戦いの目的だ。そしてそうした小さな一歩の繰り返しが、彼らを給料泥棒から偉大な戦士へと変えた。ならば今日も同じだ。小さな一歩で構わなかった。

　要人の護衛を想定しているので、珍しく六本木博士も訓練に参加する事になっていた。六本木博士を守りながら、訓練場を横断出来ればサンレンジャーの勝ち。その前に博士が攻撃を受ければ晴海と静香の勝ちというルールになっている。

　訓練場には幾つもの建物や遮蔽物が置かれており、少し戦火に焼かれた街の様な雰囲気がある。そして五分前に晴海と静香だけが先にここへやってきて隠れた。だからサンレンジャー達には二人の居場所が分からない。そんな二人による奇襲から、博士を守るという訓練だった。

　プオーン
　サンレンジャー達が博士を連れて入って来てすぐ、訓練の開始を告げる合図の音が鳴り響いた。ここからは何が起こるか分からない。サンレンジャー達は後方にダイサクと六本木博士を残して軽く散開し、防御の為の陣を敷いた。

「コタロー、どうだ?」

「音響、動体センサーは双方共に反応なし。とりあえずいきなり魔法は飛んでこないみたいだね」

　先頭にはケンイチとコタローがいた。これは特殊な装備類を担当するコタローをケンイチがフォローする形だ。現在コタローは音を探す装置と、レーダーや画像解析によって動くものを見付ける装置の両方を使っている。それらで魔法の発動に必要な呪文の詠唱や手足の動き、あるいは晴海と静香そのものを見付けようというのだ。だが今のところ装置に反応は無い。晴海と静香はどこかに隠れている様子だった。

「この訓練はルール上、むこうはサイレンが鳴った後から魔法を使うんだが、現実だと最初から使っている場合もある。実際はこれよりずっと厳しいんだろうな」

　ケンイチとコタローの後ろにはハヤトがいる。彼は愛用のライフルに付けてある熱源感知型のスコープを覗きながら慎重に歩を進めている。スコープには熱源の反応はない。晴海と静香は分厚い遮蔽物の向こうにいるのだ。ちなみにこの銃に装填されている弾は、ダメージのない模擬弾になっている。

「それが分かっただけでも大分違うわよ」

　メグミはハヤトのすぐ近くで、彼の死角をカバーする。ハヤトはスコープを覗く関係で左右に死角が出来るのだ。

「僕もそう思う。知らないでいるのは霧の中で手足を振り回すようなものだよ」

　ダイサクは最後尾で、要人役の六本木博士の周囲を警戒していた。もしもの時は巨漢のダイサクが六本木博士の盾になるのだ。もっとも重要で危険な役回りだった。

「実験もデータの検証も論理の構築もなく、いきなり実践をせざるを得んとは……科学的ではないのう。科学者としては少し切ない」

このフォーメーションと役割分担は六本木博士が考え出したものだった。だが博士としてはいま一つ科学的ではない点が気になっていた。

「何言ってるんですか、博士。経験は科学の基礎でしょう。ケンイチは笑った。それに博士が作戦を考えてくれて助かっています」

そうやってケンイチが六本木博士を慰めた、その直後の事だった。

ピピピー

「ケンイチ兄ちゃん、音響センサーに反応！　十時方向！　音声パターン識別、呪文だよ！」

警告音が鳴り出し、コタローが慌てた様子で状況の報告を始めた。音を探っていたセンサーに反応があり、どうやら左前方の障害物の向こう側で晴海が呪文を詠唱しているようだった。

「みんな、来るぞ！」

「呪文は二種類！　向こうは魔法を二つ使ったみたいだ！」

センサーが感知した呪文は二つ。コタローがそれを報告した次の瞬間、物陰から静香が飛び出して来た。静香の拳は赤く光り、身体が黄色い光に包まれている。この時の静香は文字通り飛んでいた。物陰から大きく弧を描くような軌道でまっしぐらに六本木博士に向かって来ている。拳の赤い光は攻撃魔法、身体の黄色い光は飛行魔法。二つの魔法を使った奇襲攻撃だった。

「いくわよぉぉぉっ！」

「そうはさせないっ！」

ダンッ、ダダンッ

ケンイチとメグミが接近してくる静香に銃を連射する。数発の模擬弾が放たれたものの、静香は素早くかわしてしまう。拳銃で捉えるには静香は速過ぎた。だが、その回避の動きこそが狙いだった。

「貰ったぁっ!!」

ダンッ

静香の動きは回避の為にほんの一瞬だけ直線的になった。その一瞬を待っていたハヤトがライフルで狙撃する。発射された模擬弾は静香の胴体に命中した――筈だった。

「何だとぉっ!?」

「偽物だよ、兄ちゃん！」

サンレンジャーの目の前で、静香の姿が掻き消える。模擬弾が消滅させたのではない。向かって来ていた静香は偽物、晴海が魔法で作り出した幻影だったのだ。

「怖い怖いっ、流石は本職ねっ！　でもそれじゃあ駄目よ！」

そして音もなく忍び寄っていた静香が、背後から六本木博士に襲い掛かった。確かにコタローの指摘通り魔法は二つだった。だがそれは飛行の魔法と、拳に宿した攻撃魔法ではなかった。幻影と隠密の魔法だったのだ。

「とぉりゃあああぁぁぁぁっ!!」

「お願い、ダイサク君っ！」

「駄目だよ、これじゃあ！」

幻影の静香を見た時に、ダイサクが咄嗟に博士を庇ったのが裏目に出た。無防備に背中を晒している博士に忍び寄った静香は、笑顔で拳を突き付けた。

「最初は仕方がないですよ。これ、以前キリハさんがやってた作戦の真似ですから」

「………ま、参った」

魔法の特性を生かした、幻術による陽動と奇襲作戦。ずっとキリハのやり口を見て来た晴海と静香なので、彼女の作戦を真似してみた訳なのだが、それが綺麗に嵌った格好だった。六本木博士は肩を落とし、素直に白旗を揚げた。

初戦こそ晴海と静香の圧勝だったのだが、訓練を重ねるうちに徐々に魔法使いと戦う感覚を養い、五度目の訓練では遂に六本木博士を守り切った。ハヤトとメグミが命中打を受けて倒された判定になったものの、六本木博士は無事に訓練場を渡り切る事が出来たのだ。それからもう何度か訓練をして勝ったり負けたりをして、この日の訓練は終わりになった。そして今は、実戦訓練の反省会をしている所だった。

「最後の百一匹晴海ちゃん大行進はどうしたら良かったのかしら？」

「メグちゃん、手榴弾やなんかで一気に全部に衝撃を与えるのはどうかな。人数が多いなら強度が低い魔法になる訳だからさ」

「でもさぁ、ダイサク兄ちゃん。今回は訓練だからいいけど、市街地とかでそれはやりたくないよね？」

「そうなると………銃で乱射も現実的ではないか。ハヤト、何かアイデアはないか？」

「うーん、そうだな………特殊部隊が好むフラッシュグレネードみたいに、軽い衝撃を与える為だけの手榴弾を用意しておくと、広域の幻影対策になるんじゃないか？」

「それは良い考えじゃのう。非殺傷武器なら申請も通り易いし、フォルトーゼの立体映像や微小なドローン対策とでも言えば、他の部隊にも配備し易いじゃろう」

　サンレンジャー達の議論は白熱していた。それが彼ら自身の戦いに役立つというのはもちろんなのだが、この経験を他の同系列の部隊や部下達に共有する時にどうしたら良いのかというような部分にまで議論が及んでいる。ここでの彼らの考え方一つで、多くの人間の命が左右される。だから安易な議論にはならないのだった。

「ふふ……」

「どうしました？」

　時々意見を求められるが、基本的には議論を見守る形になっていた静香と晴海。不意に静香が微笑んだ事に気付き、晴海はその顔を覗き込む。すると静香はその笑顔を少しだけ自嘲気味なものに変えて、晴海と視線を合わせた。

「なんだかあの人達を見ていたら、自分がお料理研究会の会長になって悩んでいたのが情けなくなってきました」

　静香はサンレンジャーの施設へやって来てからの出来事を経験した事で、研究会の会長になった事に浮足立っていた自分が情けなく思えた。サンレンジャーは重責を担いながらも、迷わず行動している。それで状況が好転するかどうかは分からないが、それでも自分達が何もしなければ、状況が悪化するだけだと分かっていたから。静香は自分もそうしたいと思っていたが、なかなかそうもいかない。胸の奥でもやもやしているものは晴れてくれなかった。

「あの人達はたまたま、肩にかかっているものが明確で大き過ぎて、悩む暇も必要も無いだけです。誰だって人の上に立つ時は悩みます。決して情けなくなどありませんよ」

晴海は悩んでいた静香を情けないとは思わなかった。サンレンジャー達は幸か不幸か、仲間や周辺住民の命という、守るべきものが明確になっていた。だが部活のリーダーとなるとそこが少し曖昧になる。また所属している人間一人一人で大切にしているものが違っている。命のように、誰もが大事にしているものを守るのとは少しばかり事情が違うのだ。それを調整していく事もリーダーの資質の一つ。だから静香のようにリーダーになったばかりの人間が、自身の行動に悩んでも仕方がないだろう、晴海はそんな風に思っているのだった。

「そんな風に言えるのは桜庭先輩だけですって。やっぱりアライアさんの分だけ、視野が広いんですよ」

かつては国を背負っていたアライアが、生まれ変わって普通の女の子――――晴海になった。それを明確に自覚している晴海は、二つの視点を持つ事が出来ている。晴海はサンレンジャー以上に特別な視点の持ち主であり、それは静香には到底真似出来ない。静香は再び自嘲気味に笑った。

「アライアさんの影響………うーん、実は私とアライアさんでは、一番大事にしたいものが明確に共通していますから、言う程視野は広くないんです。そして、それは笠置さんとも共通していますよ？」

「共通………ああ！」

晴海とアライアに共通しているもの、それは明らかだ。そしてそれはたまたま静香とも共通している。晴海はそれを裏切らないように行動しているので、いつも迷わずに済んでいる。だとしたら自分も同じようにすればいいのではないか――静香はそこに気付く事が出来た。

「………あの人がやりそうな事をやればいいんですね、私達の場合は」

「はい。そうすればあの人に怒られずに済みますから」

「頑固過ぎるって研究会のみんなには言われそうですけど」

「そこは覚悟を決めるしかないと思います」

「状況がどうあれ、『この想いだけは貴方と共に』って？」

「ふふふ、まぁ、そういう事です」

晴海と静香は顔を見合わせると小さな声で笑い合う。大きな声を出してサンレンジャー達の邪魔は出来なかった。だが悩みの答えを得た事で、意識していても静香の笑い声は幾らか大きくなってしまう。しかし幸いな事に、サンレンジャーが静香の声に集中を乱されるような事はなかった。

「そういえば先輩、里見君から何を御褒美に貰うか、まだ決めてなかったですね？」

「そうでしたね。もうすぐ里見君がお迎えに来ますから、それまでには決めておかないといけません」

「あの人なら………こういう時、何を欲しがるんでしょうねぇ？」

ここで静香はふと、直前に話していた内容を思い出す。晴海と静香が一番大事にしている人は果たしてこういう時に何を望むのか。それを参考に決めるのも良いかもしれないと思ったのだ。

「………多分、何も欲しがらないでしょう」

晴海はそう答え、微笑んだ。晴海は一番大事にしている人の望みは分かっている。そして基本的に晴海も静香の方針に賛成だった。

「やっぱりそう思います？」

「はい」

「じゃあそうしましょうか」

「はい、そうしましょう」

「でも、ちょっとは困らせたりしたいですよね?」

「それはもう、存分に頑張りましょう」

「行動は必要、と」

「ふふふ、そういう事ですね」

それから静香と晴海は時折サンレンジャーの質問に答えてやりながら、来るべき時に、かの人物をどうやって困らせてやろうかと話し合った。それはサンレンジャーの議論と同様に、白熱した議論になっていく。何故(なぜ)なら二人は、それが一番大事にしたいものだと分かっているから。そして二人の理想は、ここへやってきた時に見た、ダイサクとメグミのようなやり取りなのだった。

Episode3 幼馴染み二人

琴理によるナルファのサポートは上手く機能していた。琴理のおかげでナルファは慣れない日本生活を上手くこなす事が出来、そしてそれに伴うやりとりが二人の関係を進展させる要因ともなった。結果的に二人は新たな友人を得るに至った。人見知りで内気な琴理にとっても良い結果と言えるだろう。しかしその事が、琴理に困った問題も運んできてしまっていた。

「松平さん、来週の学級委員会に君も出席して貰えないかな?」

「へっっ⁉」

それは青天の霹靂だった。学級委員会というのは、各クラスの学級委員が一堂に会する、吉祥春風高校全体に関わる議題を扱う会議だ。だが琴理は学級委員ではない。にもかかわらず担任の教師に出席を求められ、琴理は酷く驚いていた。それは内気な彼女が思わず慌てて説明を求めてしまう程だった。

「そっ、それはどういう事でしょうか？」

「君とナルファさんは上手くやっているだろう？」

「ええと、まぁ……」

「謙遜しないで下さい、間違いなくコトリは上手くやってくれています」

隣の席でナルファが微笑む。照れ臭くなった琴理は軽く頬を赤らめて俯いた。

「ナルちゃん……もぉ……」

「うふふ」

「学級委員達も君らの様子を注視していたようでね、君に委員会への出席を要請して来たんだ。ほら、秋から後続の留学生が来るだろう？　だから君とナルファさんのやりとりを参考にしたいんだそうだ」

「ああ……」

　琴理にもここで話の筋が見えて来た。留学生はこの学期の開始時点で各校四人ずつ配置されているが、それで終わりではない。施設が整うのを待って、後続が続々とやって来る事になっている。その時に備えて、フォルトーゼ人が日本の何に戸惑うのか、その情報の共有を行いたいという訳なのだった。

「ふふ、私が青信号を延々待ったりしたような話ですね」

「青信号?」

「ええっと、青信号って実際には緑じゃないですか。だからナルちゃんはいつまでも青にならないと混乱して」

「なるほどねぇ。ともかく委員会はそういう情報が欲しい訳なんだ。後続の留学生は数が多いから、最初からある程度そういうポイントが分かっている方がトラブルが少ない」

「委員会は先手を打って下さろうとしているんですね」

ナルファがにっこりと笑う。学級委員会、つまり生徒達が率先して留学生を迎え入れる方向へと動き出している。それは当の留学生であるナルファにとって嬉しい事だ。自分の存在が許容されているからこそ、そういう動きが出て来るのだろうからだ。

「まあ、そういう事になるかな。それで……どうだろう、学級委員会に出席して貰えるかな、松平さん?」

担任教師がじっと琴理を見つめる。その横ではナルファが同じようにしている。その目が期待しているのは同じ事。そしてそれは琴理にとっても正しい事のように思えた。

「……わ、わかりました。出席します」

琴理は大真面目な顔で頷いた。本当は断りたかった。人見知りと内気な性格を抱えた琴理だから、委員会に出て話をするのは避けたい事だった。しかしどう考えてもこれを断るのは道理に合わない。留学生の案内役としても、ナルファの友人としても。だから琴理は後ろ向きになりがちな心を抑え込んで、出席を決めたのだった。

琴理にとって最初の関門は会議が行われる教室へ入る事だった。手にしている案内のプリントで教室の名前——二年A組——を繰り返し確認した上で、何故か一旦通り過ぎる。そして廊下に人通りがないのを確認、気持ちを落ち着かせた上で、改めて問題の教室のドアの前に立った。最後に深呼吸を何度か繰り返した後、琴理はようやく教室のドアをノックした。

コンコン

「はぁい」

教室のドアはすぐに開き、中から一人の女子生徒が顔を出した。その顔は琴理にも見覚えがあった。それは入学式の時に挨拶をした生徒会メンバーの一人で、副会長を務める少女だった。

「あ、あの、私一年A組の松平です」

「ああ！　あなたがナルファさんの案内役の！」

「は、はいっ、そうです」

副会長はきちんと琴理の名前を頭に入れていたようで、琴理が名乗るとすぐに笑顔を作った。同時に琴理は緊張の表情を解く。琴理の頭の中には余計な心配事が幾つも渦巻いていたのだが――自分の事を分かって貰えなかったらどうしようとか――それらは全て杞憂だった。

「でも随分早く来たのね。会議が始まるまでまだ二十分はあるわよ？」

「実は……他人に注目されるのが苦手で……最初から居た方がましかなって」

「賢い判断だわ。さ、入って」

琴理は副会長に先導されて教室へ入った。教室は会議をし易いように机と椅子がコの字を描くように並べ替えられている。それはコの字の隙間が空いている部分に教卓と黒板が来るような位置関係だ。そして黒板の左端に二つの特別席が並べられており、そこが今日の琴理の指定席だった。

「もう一人、どなたかいらっしゃるんですか？」

席は二つ。自分は一人。だからもう一人この委員会に呼ばれている人間がいる筈。琴理はそのもう一人の存在が気になっている。怖い人じゃなければ良いなぁと、密かに願っていた。

「……ふふ、そこは私の席ですよ、琴理さん」

答えたのは副会長ではない。声は琴理の背後から来た。それは知らない声ではなかったから、琴理は後ろから突然声がした事にだけ驚く事になった。

「この声は⁉」

慌てて声の方へ振り返った琴理の前に、一人の女子生徒が姿を現した。それは規定通りの制服を身に纏い、瞳に宿る理性的な光と長い黒髪が印象的な少女――クラノ・キリハだった。

「キリハさん！」

「こんにちは、琴理さん」

キリハはたおやかな仕草で笑みをたたえ、挨拶の言葉を口にした。キリハは学校に居る時は倉野桐葉を名乗り、穏やかな言動の優等生を演じている。事前に知らされていたので琴理がそれに混乱する事はなかったが、初めて見る普通っぽいキリハの姿に少なからず驚いていた。

「どうしてキリハさんが――って、そっか、三年A組にもフォルトーゼの人がいるからですよね」

「そうです。私達のクラスには、二年前からティアさんとルースさんがいましたから」

ティアとルースは二年前から吉祥春風高校に通っているので、その事実が公になった今は二人と仲が良いキリハもまた留学生に関する情報を持っている人物となる。二人と仲が良い人間の中からキリハが選ばれた理由は単純だ。信頼出来る性格と、よく気が付き仕事が出来る点が高く評価された為だった。

そんな周囲の期待に見事に応え、キリハは学級委員達の質問に淀みなく答えていく。既に二年分の経験があるので、キリハが返答につまるような事はなかった。

「私の経験から言いますと、色を使った表現で、感情的なすれ違いが起こり易いという事です」

「色？　具体的にはどういう事だい？」

「例えば青ですが、日本語では青くなる、というように否定的な使い方もしますが、フォルトーゼでは違います。青は伝説の英雄のシンボルカラーだったので、誇りや正義、慈愛など、肯定的な意味しかありません」

「ということは、向こうの人に青くなるって言っても逆の意味になってしまう訳か」

「はい。同じく白にも特別な意味がありますが、日本語でも白はたいてい肯定的な意味になりますから、こちらは問題ありません」

「ふむ……だったら垂れ幕は紅白よりも青白の方が良いって事か……」

「厳密にはそうなりますが、あまり向こうに合わせ過ぎても留学生が恐縮してしまうでしょうから、特別な色を否定的に使わないようにするぐらいで良いかと思います。例えばクイズのマルバツで赤を○、青を×なんかにすると混乱が生じ易いと思います」

「難しいな、異文明って……」

そうやって学級委員達と意見を交わすキリハに対して、琴理は尊敬の眼差しを送っていた。内気で人見知りの琴理にとっては、人前で堂々と話せるキリハの様な存在は驚きだ。自分がそれをやるとなると身震いがする。

「松平さん、何か補足はあるかい？」

「え、わ、私ですかっ⁉　え、えっとですね……そうだ、赤は現在のフォルトーゼの第七皇女殿下が好んで使う色ですから、赤白の垂れ幕で問題ないんじゃないかと」

「それは朗報だね。垂れ幕を変えなくて済むよ。ありがとう」

「はい……ふぅぅぅ……」

琴理はこんな風に質問一つで緊張してしまう。もしキリハが防波堤となってくれていなかったら、果たしてどうなっていたか。そう思うと琴理は身震いする。だから琴理は二重の意味でキリハに感謝と尊敬の念を向けていた。

「落ち着いて、いざとなれば助けます」

「ありがとうございます。その、心強いです」

そして琴理の様子にも気付く余裕、あるいは心配りというべきもの。たった二つしか年齢が違わない筈なのに、どうしてこうまで違うのか。琴理は少しばかり自分を情けなく思うのと共に、キリハがこう出来る理由を知りたいと思った。

琴理の学級委員会への出席は、つつがなく終了した。やはりキリハの存在は大きく、委員達からの質問はその多くが彼女一人によって綺麗に処理された。キリハが年上で、しかもティア達との付き合いが長い事から、自然と質問は先にキリハへ向かうのだ。時折質問が琴理へ向く事もあったが、その程度であれば頑張って答える事が出来た。キリハの存在に大きく助けられた格好だった。

「あの、今日はその、本当に助かりました。私一人だったらどうなっていたか……」

琴理にはキリハに助けられたという自覚があった。だから隣を歩いているキリハに感謝の言葉を伝える。ちなみに二人は並んで通学路を歩き、ころな荘の一〇六号室へ向かっている。これは二人が顔見知りであった事、同時に委員会で使っていた教室から送り出された事、そして今日もナルファが一〇六号室へ遊びに行っている事などから、自然と起こった事だった。

「気にする事はない。誰にでも得意な事と不得意な事がある。汝が得意な事で我が困っていたら、その時に助けてくれればそれでいい」

キリハは二人だけになった時点から本来の口調に戻っていた。その確固たる意志を感じさせる明快な言葉と澄んだ瞳。琴理に微笑みかけるその姿は、夕日に照らされてオレンジ色に美しく彩られている。その様子を目の当たりにした琴理は素直に思うのだ。

——敵わないなぁ……この人には不得意な事なんてないだろうに……なのにこうやってあっさり謙虚に言い切っちゃう……凄い人だな……。

琴理はキリハに憧れていた。自分もこういう女性になれたら良いなと、思わずにはいられない。琴理は自分の性格的な問題を自覚しているから尚更だった。

「ちなみにキリハさんの不得意な事って何ですか？」

「実は力仕事が苦手なのだ」

「私もあまり得意じゃないですけれど、力仕事なら私でもいないよりマシでしょうし、お助け出来そうです」

「ではその時には助けて貰おう」

「はい」

　琴理は頷くとキリハに笑顔を向ける。幾ら天才でも万能ではない。琴理は恩返しが出来そうな分野を見付けられて嬉しかった。それで少し気が緩んだのだろうか、琴理はキリハに尋ねてみたい事があったのを思い出した。

「ところでキリハさん、一つお尋ねしたい事があるんですけれど」

「遠慮せずに言って欲しい」

「でしたら……ええと、キリハさんはいつも学校では違う雰囲気ですよね？　あれはどうしてやっているんですか？」

　琴理の疑問はキリハが学校では優等生をやっている理由だった。頼り甲斐があるのは変わらないものの、態度も口調もまるで違う。学校で見るキリハは、どこにでもいる普通の女子高校生のような雰囲気だった。琴理はキリハが地底人だという事を知っているので、こうして身分を偽る意味は分かる。だがここまで大きな変化を必要とする理由までは想像できなかった。

「賢治からは何処まで話を聞いている？」

「キリハさんの出身地と役目までは」

出身は地底、役目は地上侵略軍の指揮官。だが誰が聞いているか分からないこの場所で安易に口にしていい事ではない。そこで琴理は遠回しにそう答えた。

「ふむ……簡単に言うと、出身や役目を隠すだけでなく、当初は孝太郎の人脈に素早く浸透する必要があった。そこで人当たりの良い人格と言動が選ばれたのだ」

「あっ、そうか！　コウ兄さんに力業なしで立ち退いて貰う為に、周りと仲良くなっちゃう作戦にしたんですね！」

「そして今は、最初についた嘘を引っ込める事が出来ずにいる、という訳だ」

既に孝太郎との関係は決着に近いところにある。地底の問題も片付いている。だから今は地上で活動する為に創造された『倉野桐葉』というキャラクターには殆ど意味がない。辛うじてキリハの身分を守る機能を果たしているくらいだろう。かといって止めれば止めたで目立ってしまい、逆にキリハの正体を明らかにするきっかけになってしまう。止めるタイミングを逃した、という状況だった。

「大変なんですね、人の上に立つって」

「しかもこれだけ努力して、一番騙しておきたかった相手には、我の本音を見抜かれてしまった」

キリハはそう言って自嘲的に笑った。だが琴理にはその笑顔が嬉しそうにも見える。それが不思議だった。

「一番騙しておきたかった相手って？」

「孝太郎だ」

キリハがそう言った時、笑顔の嬉しそうな印象が強まる。見抜かれて嬉しかったのか、それとも残念だったのか、今はもう間違いなく嬉しそうな印象の方が強かった。

「コウ兄さんにも優等生のフリをして会っていたんですか？」

「そうではないが、孝太郎には我がこの街へ来た理由を偽っていたのだ。それを孝太郎には半年ほどで嘘だと見抜かれてしまった」

それはまるで、恋人からプレゼントを貰った時の事を、思い出しているかの様な笑顔。それを見た琴理は確信した。キリハは言葉とは裏腹に、孝太郎に嘘を見抜かれたのが心の底から嬉しかったのだと。そしてそれは二人の深い繋がりを感じさせた。

「我は初め、孝太郎にこの街へ来た理由を悪事だと伝えた」

「悪事……」

琴理はその表現に戸惑ったが、少し考えた段階で分かった。地上の武力侵略。安易に口に出来ない言葉だった。

「だがそれはあくまで身内にいる過激な連中を抑え込む為の方便であって、実際にはそんな事は欠片も考えていなかった」

「本当は何が目的だったんですか？」

琴理が見る限り、これまでのキリハは――学級委員会も含めて――どんな質問にもすらすらと答えていた。だがこの時キリハは初めて、ほんの一瞬答えに躊躇した。そしてほんの僅かに頬を赤らめ、絞り出すように答えた。

「……それは……初恋の……お兄ちゃんを……捜しに……」

「まぁ！」

それはキリハが口調を本来のものに戻してから、初めて見せた女の子らしさだった。しかも普段の理性的な彼女とはかけ離れた、とても感情的で純粋な想い。琴理が初めて触れたキリハの真実だった。

「だから争い事などもってのほか。ここの人達とは仲良くしたかった」

「そうしないと初恋の人との再会は……最悪ですものね」

キリハが地上へやってきたのは、初恋の少年を捜す為だった。だから地上との融和を目指し、侵略や攻撃の意図は全くなかった。そうしなければ仮に初恋の少年と再会出来たとしても、仲良くして貰える筈がない。だが大地の民には地上への進出に対して複数の主張があったから、立場上侵略計画の全廃は口に出来なかった。キリハは侵略を口にする事で急進派の暴発を防いでいたのだった。

「……………う、うむ………」

事情を明かしたキリハは酷く恥ずかしそうにしていた。話の流れ上とはいえ、自分の心の底にあるものを他人に明かすのはとても恥ずかしい。だからもし相手が琴理でなかったら、話さなかったかもしれない。琴理が恋愛に対して運命と純粋さを求めているのを知っていたから、話す事が出来たのだ。そういう琴理が言いふらすとは思えなかったから。

「だ、だが、孝太郎は出逢ってからの半年余りで、我が最初から悪事など企んでいなかった事を見抜いてしまった。これでも演技には自信があったのだがな……」

キリハと孝太郎が出逢ったのは二年前の春。それから季節が秋に変わる頃には、孝太郎はキリハの行動に矛盾を感じ始めていた。出逢ってからの半年余りのキリハの言動から、地上侵略を口にしながらもその意図はないのではないかと考えていたのだ。そしてそれが確信に変わったのは、風が少し寒くなり始めた頃の事だった。

「コウ兄さんは昔から、そういうところがあります」

「昔からなのか？」

キリハは身を乗り出すようにして訊き返してくる。琴理はキリハのその行動に驚いた。これまでは演技かそうでないかにかかわらず、大人びて余裕があったキリハ。だが孝太郎の話になってからはそれが感じられない。むしろ同じ年代の女の子らしい言動が目立つ。余裕がなく、気持ちが前面に出て、必死に見える。だから琴理は悟った。

――――ああ、この人は心底コウ兄さんの事が好きなんだな………。

キリハが孝太郎に出逢ったのは二年前の事だ。それよりも前の孝太郎については、キリハが知らない事は沢山ある。だからキリハはそれを知りたがっている。愛してやまない男性の事を知りたがるのは当然だった。

――――でもズルいなぁ、キリハさん………普段はあんなに余裕があるのに、コウ兄さんの事になるとこんなに可愛らしいなんて………この分だとコウ兄さんは、もうキリハさんにノックアウトされてるんじゃないかなぁ………。

琴理にも思うところはある。だが恋愛には運命と純粋さを求める琴理だから、目の前にあるキリハの純粋な愛情を軽視出来ない。だから琴理はキリハに求められるままに、孝太郎との想い出を語り始めた。

琴理が孝太郎と出逢ったのは、彼女が小学校低学年の頃だった。二つ年上の兄である賢治が、友達の孝太郎を自宅に連れて来たのだ。

『これがマッケンジーの妹か』

『ことりって言うんだ』

『まっけんじー？』

『まつだいらけんじだから、みじかくしてマッケンジーだ』

『そうなんだ……へんなの。ふふふ』

出逢いは十年近く前の事なので、琴理の記憶はそれほどはっきりしたものではない。しかしそれでも幾つか強く印象に残っている事がある。それは何処か惚けたような印象の少年であった事、それでいて瞳の奥には暗い何かが横たわっている事だった。

——さびしそうなひとだな……。

琴理は孝太郎の瞳を覗き込んだ時、そう感じたのをよく覚えている。飄々としていて一見友好的だが、心の底の方では他人を受け入れていない。当時はそこまで気付いていた訳ではない。兄の賢治から説明を受けたものの、自分でそれを確信したのは数年後の事だった。だがこの時は、幼いなりにその片鱗を感じ取っていたのだった。

初めて会った時に寂しそうな人だと思った——琴理がそれを口にした時、キリハは驚いていた。キリハがその事に気付いたのは、出逢ってすぐではなかったから。

「汝の眼力は大したものだ、琴理。我がその事に気付いたのは、しばらく時間が経ってからの事だった」

そう言った時のキリハは、琴理には残念そうに見えた。琴理に出来た事が自分には出来なかった、それが悲しいのだろう。それが最愛の男性の事であるから、尚更そうなのだろう。だが琴理はそうは思わなかった。

「昔のコウ兄さんは今ほど上手に感情を隠していませんでしたから、眼力はそれほど必要なかったんじゃないかと」

今の孝太郎から本音の感情を読み取るのと、幼年期の孝太郎からそれを読み取るのとでは、難易度が桁違いだ。キリハが気付くのに多少時間がかかったのは当然だろう。琴理は自分が特別優れているとは思っていなかった。もちろん、多少は他人の目を気にする人見知りや内気な性格が影響したとは思うのだが。

「……済まない、気を遣わせてしまったな、琴理」

「そんな事は………キリハさんだって当時のコウ兄さんなら、きっと早いうちに気付いていますよ」

「ありがとう、琴理。そう思う事にしよう」

琴理の言葉でキリハに笑顔が戻る。琴理はこの時、普段とは違って女の子らしい感情的な振る舞いを見せてくれるキリハに、親しみを感じていた。いつでも完璧な訳ではない。キリハもまた普通の女の子なのだ――――そう感じた琴理は、キリハとは仲良くなれそうな気がし始めていた。

孝太郎と初めて会った時に、琴理が感じたものが正しいという事は、その日のうちに証明された。孝太郎が帰った後に、賢治が話してくれたのだ。孝太郎の家庭で何が起こったのか、という事を。

『あいつは自分のしっぱいでお母さんがしんだって思ってる。だからだれともなかよくなろうとしない。またしっぱいして、いなくなるんじゃないかって思ってるんだ。同じおもいをしたくないんだよ』

『かわいそうだね……』

『でも、よくないだろ、そういうの』

『うん……』

『だからあいつが一人でいるのをみたら、ことりはあいつのあとについてけ。ついてくりゆうなんか、なくていいから』

『きらわれないかな？』

『ぼくはへいきだった』

『……じゃあ、わたしもやってみる』

琴理が賢治や孝太郎の後を追い回していたのは、ただ単に二人が好きだからというだけではなかった。賢治からお願いされてやっていたという事情もあったのだ。そしてこの事が琴理が賢治へ向けている尊敬の念のベースになっている。友達を大事にする賢治の姿に、心打たれたのだった。

　そういう経緯があったので、賢治の女性関係についての噂を耳にした時、琴理は許せなかった。傷付いた友達を支える為に妹に助力を乞うた、あの思慮深く心優しい兄は何処へ行ってしまったのか、と。

「絶対納得出来ません、恋人を次々と取り替えるなんて……」

「弁護する訳ではないが、賢治の場合は寄って来る女性が多過ぎて、運命の相手が判別不能になっているという事情もある」

「でも！」

「琴理も高校生になって、徐々にその辺が見えて来たのではないか？」

「それは……」

　実は琴理にも賢治の状況が理解出来るようになりつつあった。ナルファのサポート役を務めていると自然と他者との対話が増え、結果的に男性から話し掛けられる頻度が大きくなった。その中には少数ながら告白もあった。これは中学までの琴理では考えられない頻度であり、その中に運命の出逢いが紛れていても、どれがどれやら分からないのではないかと思わなくもなかった。

「……それでも信じたいです。ちゃんとこの人だって分かる運命の出逢いが、私にもきっとあるって」

琴理はもう、頭では分かっていた。問題は心の方で、あくまで自分の相手は運命が連れて来ると信じたいのだ。そしてその時にはきっとこの人だと分かる筈だと。それが少女じみた願望なのは自分でも分かっている。それでも拭い切れない、強い想いだった。

「気持ちは分かる。我もそれを信じて十年待ったのだから」

「あ、あれっ？」

琴理はこの時のキリハの言葉に戸惑った。キリハの話では、彼女が地上を目指した理由は初恋のお兄ちゃんを捜す為だった。だが今のキリハは明らかに孝太郎に愛情を注いでいる。初恋のお兄ちゃんという事は、幾つか年上の筈なので孝太郎はありえない。だがその口ぶりはまるで運命の初恋が成就したかのように聞こえ、辻褄が合わない。不思議に思った琴理は、思い切って訊いてみる事にした。

「どうした？」

「キリハさんは、初恋のお兄ちゃんを捜しに来たんですよね？」

「そうだ」

「見付けたんですか？」

「うむ。苦労したが見付けた」

「でも、キリハさんはコウ兄さんが好きなんですよね？」

「ん？　ああ、そういう事か。ふふふ、説明が足りなかったな」

キリハは何故(なぜ)琴理が不思議そうにしているのかを理解した。そしてポケットの中から一枚のカードを取り出した。

「我と運命の男性の関係は、少しばかり複雑なのだ。まぁ、だからこそ運命だと言えるのかもしれないが……」

古ぼけて色がくすんだ、ヒーローのトレーディングカード。その表面にはミミズがのたくったかのような文字が書き加えられている。キリハはそれに深い愛情が込もった視線を注いでいた。まるでそれこそが運命の証なのだと、言わんばかりに。


琴理も孝太郎が過去の世界へ行っていた事は知らされていた。だがその経緯は余りに長く複雑であったので、賢治から琴理へ伝えられる段階で幾らか取り零(こぼ)しがあった。キリハと孝太郎の出逢いの物語は、その取り零しの中に潜(ひそ)んでいた。

『すごぉいっ、どうしたのぉっ、これぇっ!?』

『以前、ちょっとね。キィちゃんにあげるよ』

『いいのっ!?　キラキラカードだよっ!?』

『ああ。欲しかったんだろう?』

『うんっ!!　ありがとうっ、おにいちゃんっ!!』

キリハの初恋の相手は、過去の世界から現在の世界へ帰る途中の孝太郎だった。地上へ出て迷子になったキリハを孝太郎とクランが助けたのだ。この時地上侵略を目論む大地の民の急進派は、キリハを殺害して地上の人間に罪を擦り付ける事で、大地の民の世論を武力侵略へと動かそうとした。だが孝太郎とクランの奮闘でそうはならず、キリハは無事に故郷へと帰る事になったのだった。

『元気でな、キィちゃん』

『……………うん。おにいちゃんもげんきでね?』

『ああ。俺は元気が取り柄だからな』

『うそだよ。キィはおにいちゃんがよわいって、しってるもの』

『君がそれを知っていてくれる限り、俺は大丈夫だ』

『あはっ、なんだかあいのこくはくみたいだね?』

『似たようなものだろう。弱さをさらけだすってのはさ』

『そうだねっ』

キリハはその過程で孝太郎の心を知り、その深い闇を受け入れ、許した。そして孝太郎を救わねばならないと思った。孝太郎がそうしてくれたように。

『はい、おにいちゃん。これをキィだとおもって、だいじにしてね?』

『いいのかい? 大事なものなんだろう?』

『うんっ、カードのおれいだよっ! きょうからは、それがキィのかわりに、おにいちゃんをまもるから! それで……ときどきそれをみて、キィのことをおもいだしてくれたらうれしいな』

別れ際、キリハは孝太郎に母親の形見の首飾りを渡した。カードを貰ったお礼という話だったが、実際は違う。死んだ母親に、孝太郎を守って貰おうと思ったのだ。そしてこの首飾りとカードが、孝太郎とキリハを導いた。二人は導きに従って再会すべくして再会し、お互いが大切な人間である事を理解したのだった。

琴理は、キリハと孝太郎の出逢いを、二年前の出来事だと思っていた。だが実際は十二年前の出来事であり、とても驚かされた。孝太郎のタイムスリップの影響は、フォルトーゼ以外でも起こっていたのだ。

「キリハさんの初恋のお兄ちゃんっていうのは、帰りがけに偶然立ち寄ったコウ兄さんの事だったんですね……」

「うむ、我も驚いた。タイムスリップだなどとは夢にも思っていなかったからな」

「でもお陰でキリハさんは武力侵略を止めてくれた訳だし、コウ兄さん大金星ですね」

「そう思う。つまるところ……運命の出逢いなのだ」

「そうですね、絶対それ運命の出逢いです」

「そして我は、子供みたいな思い込みを十年以上も信じたのだ」

「子供で良いです。私それ好きです!」

だが聞いてみて納得した。運命の導きと純粋に想い続けた十年間。キリハの話は、琴理の理想そのもの。琴理は強く目を輝かせて興奮し、我が事のように喜んでいた。

「良かったなぁ、それは最高の恋愛だなぁ。これこそ運命だなぁ……本当に良かったですねぇ、キリハさん!!」

「う、うん。ありがとう、琴理……」

そんな琴理の気持ちが伝播したのか、あるいはかつての気持ちが蘇ったからか。キリハの瞳にはうっすらと涙が滲んでいた。キリハが人前で涙を見せるなど滅多にある事ではない。琴理と同じく、キリハもまたこれが運命だと信じているのだった。

「うーん、コウ兄さんの妹分として、変な女の人が寄ってきたら、何とかしないとって思ってましたけど……」

賢治の前例もあるので、琴理はもう一人の兄も同然の孝太郎まで、いい加減な恋愛をして欲しくないと思っていた。

「正直なところ、変な女の自覚はある」

「それは出身地が信じ難いだけで……ともかく、キリハさんは合格。花丸の大合格！　コウ兄さんと付き合っても良いですっ！」

しかしちゃんと話を聞いた時点で、キリハに関しては心配は要らないと分かった。琴理は自分の運命を信じているから、同じくらい他人の運命も尊重する。キリハの人となりだけでなく、その運命も間違いなくそれと分かるもの。琴理は諸手を挙げて孝太郎とキリハの交際を歓迎した。

「ありがとう、琴理」

「運命はキリハさんを導いています！　是非コウ兄さんと幸せになって下さい！」

「問題は運命に導かれた者が、他にも八人いる事なのだが」

「それは困りましたね」

琴理は小さく眉を寄せた。色々な事件があって互いの深い所まで分かり合った相手。それがキリハを含めて九人いる。キリハの言う事なので、いい加減な関係ではない事は分かる。実際孝太郎はその九人とはいい加減な付き合いはしていなかった。

「孝太郎はそれで参っている」

「あは、コウ兄さんらしいです」

琴理は心配していないので、すぐに笑顔に戻った。孝太郎は一つでも笑顔が多くなる結末を探していると言っていた。だから琴理は呑気にそれを待つつもりでいる。キリハの話を聞いて琴理は改めて思うのだ。孝太郎は他者といい加減な付き合いが出来る程、強くも弱くもないのだと。


キリハと琴理が一〇六号室へ辿り着いた時、最初に聞こえて来たのは大きなもの同士がぶつかり合った時に特有の重々しい衝突音だった。

どこぉんっ

「ぐふっ」

そして喉から空気が押し出されるだけの、声にならない悲鳴。それを聞いた途端、キリハと琴理は珍しく靴を脱ぎ散らかすようにして慌てて和室へ駆け込んでいった。

「孝太郎!?」

「コウ兄さん!?」

和室ではナルファが大の字になって倒れていた。またあたりにはポテトチップが散乱しており、部屋の端にはひっくり返った木製の器が転がっている。そしてナルファの身体の下には孝太郎がおり、頭を部屋の柱に押し付けるようにしていた。何が起きたのかは一目瞭然だった。

「早苗、クラン殿、ナルファを頼む！」

「わかりましたわ！　サナエ！」

「うん！　メガネっ子は手の方持って」

「いきますわよ……いっせーのーせっ！」

台所からお菓子を運んできたナルファが、段差に足を取られて転んだ。孝太郎が受け止めたのでナルファは無傷だが、その孝太郎は柱に頭を強打した。キリハはこの状況をそう解釈した。この場合殆どダメージのないナルファを部屋にいたクランと早苗に任せ、自分が孝太郎を診た方がいい――――そう考えたキリハは飛び降りるかのような勢いで孝太郎の間近に腰を下ろすと、慎重に孝太郎を抱き起した。

「いててて……」

「動くな。頭へのダメージは怖い」

痛みに顔をしかめ身じろぎした孝太郎を鋭い視線と声で制し、キリハはそっとその身体を畳に横たわらせた。孝太郎は頭を打っているので、キリハも本当は動かしたくなかったのだが、柱に寄り掛からせたままにもしておけなかった。そして細心の注意を払いつつ、彼女は孝太郎の傷の具合を調べ始めた。

「怖いのはキリハさんの顔だよ。そんなに心配しなくて大丈夫だって」

「気分はどうだ？　吐き気があったりはしないか？」

キリハは真剣だった。おかげで孝太郎が冗談交じりに話しても、真剣な表情は少しも崩れない。いつもはこのくらいで微笑んでくれるというのに。キリハはそれだけ頭への打撃を恐れている。どれだけ強くても、防ぎようがないのが脳への衝撃なのだ。そんなキリハの様子に気圧され、孝太郎も大真面目に答えた。

「大丈夫、気分は悪くない」

「視界が狭まったり、ぼやけたりは？」

「それもない」

キリハは一つ一つ慎重に、孝太郎の頭の具合を確かめていく。その様子はまるで貴重品、しかも世界に二つとない特別な品を扱っているかのようだった。

――私の出る幕はなかったな……。

琴理はキリハの様子を見て小さく微笑んだ。実は琴理も、キリハと同じことをやろうとした。しかし内気な性格の影響か、ほんの一瞬出遅れてしまったのだ。おかげでそれはキリハがやる事になった。琴理はその手伝いをするだけだった。

――でも、こういうの見るとよく分かる……キリハさんは本当に、コウ兄さんの事が好きなんだなぁ……。

琴理はこの時、改めてそう感じていた。キリハは孝太郎の身体を懸命になって調べている。おそらくキリハ自身が頭を打ったとしても、ここまで必死になりはしないだろう。そうなるのはキリハが孝太郎を愛しているからこそだ。彼女には孝太郎以上に大切なものが無いのだ。その事が見ているだけで伝わってくる。その想いの深さに、琴理は強く胸を打たれた。

――私にもいつか運命の人が現れて、ああいう恋が出来るんだろうか……。そうだと、良いんだけど……。

そして琴理は憧れた。自分もいつか、キリハのような恋がしたいと。琴理はまだ運命の人を見付け出せていない。あるいは既に見えているのに、気付いていないだけなのかもしれない。どちらなのかは分からないものの、琴理は運命の人に出逢い、キリハのような恋がしたいと思っている。孝太郎の怪我の具合を必死になって調べているキリハには申し訳ないのだが、その姿は琴理の理想そのものだった。

キリハが行った触診や問診による大まかな診断では、孝太郎の怪我は大した事は無い筈だった。だが、万が一という事はある。だからクランが持ってきた診断装置が結論を出すまで、キリハは孝太郎が動く事を許さなかった。

「キリハさん、本当に大丈夫だから」

「お願いだから、もう少しだけ動かないでいてくれ」

「……お、おう……」

畳の上で横になり、間近からキリハに見つめられていると妙に照れ臭い。逃げ出そうとしても、キリハがいつになく心配そうな顔をするものだから、実際に逃げ出すまでには至らない。キリハが本気で心配している事は、孝太郎にも分かっている。それは同時にキリハの愛情を認めるという事でもあったから、孝太郎はいつも以上に必死になって照れ臭さを押し殺す必要があった。むしろキリハから悪戯をされる方が、我慢するのは楽だったに違いないだろう。

「……キィ、診断装置はコータロ－の怪我は大した事は無いと言っていましてよ」

「確かか？」

「ええ。もう心配いりませんわ」

クランが持ち込んだ診断装置は小型の簡易的なものだが、それでも現代日本の最新医療機器に劣らない性能がある。そんな診断装置が大丈夫だと太鼓判を押した訳なので、もう心配は要らなかった。

「はぁ……助かった……」

孝太郎は安堵の息を一つ。診断装置の結果を聞いた時から、キリハの様子が普段のそれに戻っていた。おかげで孝太郎も安堵する事ができた。また悪戯をされたりからかわれたりするかもしれないが、泣き出しそうな瞳で見つめられているよりはずっとよかった。

「申し訳ありませんでした、コータロ－様！」

場の空気が緩むのを待っていたかのように、ナルファが孝太郎の傍へやってきた。キリハが場所を空けてやると、ナルファは詫びの言葉を口にしながら、ぺこぺこと繰り返し頭を下げた。

「私の不注意でコータロー様にお怪我をさせるところでした！」

「そんなに恐縮しなくていいよ。お互い怪我は無かったんだし」

「今後は気を付けます！　コータロー様にお怪我をさせてしまっては、フォルトーゼに帰れなくなってしまいますから！」

孝太郎が頭を打ったのはナルファをかばっての事なので、彼女もキリハ同様に孝太郎が怪我をしていたらとずっと心配していた。おかげで目の端には涙が滲んでいた。

「ふふ………」

ナルファは平謝りを続けている。孝太郎はそんな事はしなくていいと言っていたが、フォルトーゼ人にとっては重大事件なので、ナルファはひたすら謝罪の一手だった。その様子が可愛らしく思え、キリハは微笑んでいた。

「キリハさんもさっきまではあんな可愛らしい感じで心配していましたよ」

そんなキリハに琴理が笑いかける。琴理の視点ではキリハもナルファも五十歩百歩。可愛らしさといじらしさは似たようなものだった。

「そうだったのか」

「はい。だから思ったんです、キリハさんは本当にコウ兄さんが好きなんだなぁって」

ナルファが孝太郎を心配するのは、個人的な知り合いというだけでなく、フォルトーゼ人にとっては伝説の英雄だからという理由も含む。だがキリハはそうではない。その全てが好意のみから出たものだった。

「だがそれに関しては汝も同じだったぞ」

「えっ?」

キリハの言葉に不意打ちを受け、琴理は目を丸くする。琴理はその言葉を、この一瞬だけは琴理も孝太郎が好きだという意味に受け取っていた。

「汝も酷く心配そうにしていた。十分に可愛らしい感じだった」

だがその勘違いはすぐにキリハによって訂正された。可愛らしく心配していた、それなら琴理にも納得だった。

「そ、そりゃあそうですよ、小さい頃からずっとお世話になってきた、幼馴染みのお兄さんですもの」

「幼馴染み、か………」

幼馴染みという言葉を聞いて、微笑んでいたキリハの目が、わずかに細められた。その瞬間、琴理は心の奥底を覗き込まれたかのように感じた。

「……琴理、実のところ汝は、孝太郎の事をどう思っているのだ?」

そしてキリハは、先程琴理がほんの一瞬だけ勘違いしたのと全く同じ内容を質問した。その質問は再び彼女の目を丸くさせた。

「どうって……」

「言葉通りだ。汝が孝太郎が好きなのは分かっている。だがそれはただの幼馴染みとしてなのか、あるいは――」

キリハの言葉は途中で途切れたが、琴理にはその続きが分かった。

――あるいは、一人の男性としてなのか。

それは琴理が時折自問する事であったから。

「分かりません」

琴理は首を横に振った。琴理は自分が孝太郎をどう思っているのか、よく分かっていなかった。恋愛に憧れながらも、自分では経験がなかったのだ。もしかしたら自分は一人の男性として孝太郎が好きなのかもしれないとも思う。だが琴理はそれに確信が持てないでいる。幼馴染みのお兄さんとしての付き合いが長過ぎた。そして何より、孝太郎の心の奥底にある冷たい部分を、心配する気持ちが強かったのだ。

「コウ兄さんはコウ兄さん。今はその印象が強過ぎて、上手く気持ちがまとまりません。ただ、ただ……」

「ただ？」

「ただ、コウ兄さんが私の運命の人じゃないって、決まった訳でもないと思うんです」

キリハにとって孝太郎が運命の人。それは分かる。だが、琴理にとってもそうではないとは言い切れない。琴理自身の人間関係が広がって、もっと周りをよく見る事が出来るようになったら、孝太郎に運命を見出すのかもしれない。琴理はその可能性を否定したいとは思わなかった。否定したくないくらいには、孝太郎の事が好きな琴理なのだった。

「……前例は多い。逆に否定する例は乏しいな」

キリハは苦笑した。キリハが知る限り、孝太郎に運命を感じている女の子は、自身を含めて全部で九人。それが十人になる可能性は否定出来ない。むしろ九が十になっても、キリハは驚きはしないだろう。琴理が言うように、今この瞬間に結論を出す必要など、どこにもなかった。

「そういう訳ですから……キリハさんは胸を張って下さい。今のところはキリハさんが運命の人で良いんです」

「今のところは、か……強いな、琴理」

「ふふふ、私は誰よりも運命を信じていますから」

大切なのは、安易に自分の気持ちを決めてしまわない事。そうしてしまうと、真に運命の瞬間がやって来た時に、導きを見逃してしまう。そして琴理は信じようと思う。自分にもきっと運命の人が居るに違いないと。それでいい筈なのだ。何故ならキリハは、そうやって再び孝太郎と出逢ったのだから。

Episode4 意地に関する母娘の結論

ディーンソルド・ラウレーンによる議員への質問が巻き起こした騒動は、その翌日になっても収まる気配がなかった。やはり青騎士に関する事は、常にフォルトーゼの国民の関心の的だ。それが配偶者に関連していればなおさらだった。

青騎士がフォルトーゼ人と結婚する場合、少なくとも永住権は取得する事になる。加えて相手が皇族であれば、高確率で国籍取得に至ると思われた。また青騎士の子供は確実にフォルトーゼ国籍を取得するという点も重要だった。青騎士が正式にフォルトーゼの人間となるかもしれない――――国民のそうした期待の障害となっていたのが、青騎士が極めて真面目で誠実であるという点だった。青騎士には特別に親しい女性が複数人存在しているのだが、その中の一人を配偶者として選ぶという事に時間がかかっていたのだ。これは青騎士自身がまだ若いというのが最大の理由ではあったが、そうした女性達にこそいい加減な事は出来ないという強い意志が、青騎士の決断を遅らせていた。その為フォルトーゼの人々は流石は青騎士と思いつつも、青騎士の配偶者が決まらない事にモヤモヤとした複雑な感情を抱えていた。そうした感情は結果的に国民の対立を呼んだ。ティア殿下と結婚するべきだ、違うクラン殿下だ、待て待て武人のネフィルフォラン殿下の方が相応しいだろう――というように、ライバルが居なければ青騎士は結婚出来るんじゃないか、という方向に議論がズレてしまったのだ。青騎士の結婚相手に関する派閥は乱立し、対立と議論は過熱する一方だった。

　そんな時に彗星のように現れて状況を引っくり返したのがディーンソルド・ラウレーンだった。新聞記者である彼はこの騒動に着目して取材を始めた。そして取材を進めていく過程で、青騎士の特権について疑問を持った。それはアライア帝が定めた特権により常に権利が守られている青騎士は、過去の法律で得られた配偶者を複数持つ権利を現在も保持しているのではないか――つまり配偶者を一人に絞る必要がないのではないか、というものだった。彼はこの疑問について、かつて別件で取材を行った事があるマルクレイ国民院議員に質問した。質問を受け取ったマルクレイは即座に内容の重大性に気付き、議会で正式に法務省への質問を行った。その結果、法務省が返答した内容は『青騎士は過去にあった法律で得られた権利を今も保持しているので、配偶者を一人に絞る必要は無い』というものだった。

この法務省の返答はフォルトーゼを激震させた。青騎士は今すぐにでもフォルトーゼ人になり、皇女と結婚出来るのだ――――それを知った国民はお祭り騒ぎとなった。それに伴い騒動の一部が鎮静化した。誰が青騎士の配偶者に相応しいかという議論に意味が無くなってしまったからだ。各派閥は和解し、手を取り合って喜び合った。

「………良いのか、そんないい加減な事で」

だが当の孝太郎は不満だった。孝太郎の常識では、配偶者は一人であるべきだ。だからフォルトーゼが孝太郎――――つまり青騎士を結婚させる為に、道理を歪ませたように感じられるのだ。これは多くの日本人に共通した感覚だろう。

「気持ちは分からんではないが………我らとしては正直ホッとしている」

キリハはそんな孝太郎に苦笑気味に笑いかけた。キリハの所属する大地の民も、一夫一婦制が採用されているので、孝太郎の気持ちは分からなくもなかった。しかし同時に安堵する気持ちも大きかった。

「ホッとしている？　どういう事だい？」

「これで我らは、互いの存在が障害となる心配をしなくて済む」

キリハを含む少女達は、お互いをかけがえのない友人だと思っている。孝太郎が誰か一人を配偶者として選んだとしても、それは変わらないだろう。また仮に自分が選ばれなくてもキリハは孝太郎や仲間達の隣を一緒に歩むつもりでいる。彼女は自身が選ばれないリスクを踏まえた上でなお、孝太郎や仲間達と共に生きる事を選んだのだ。これは他の少女達も同じだった。しかしそうする事により選ばれた一人を苦しめはしないだろうか、という懸念は抱えていた。彼女らは心優しい少女ばかりなので、自分だけが幸せになって良いのだろうかという気持ちを抱くであろう事は容易に想像がつく。その懸念が今回の一件で解消した訳なので、キリハは――そして少女達は――こういう強引な事をして良いのかと思いつつも、今後も今と同じ関係で居られるのだとホッとしているのだった。

「……ねえティアちゃん、フォルトーゼでは男の人が奥さんを複数貰うのってどう思われてるの？　日本では、昔は戦争が多かったからOKだったんだけど」

言いたい事はキリハが全部言ってくれたので黙って話を聞いていた静香だったが、ここで地球人ではなくフォルトーゼ人の考え方はどうなっているのかが気になり始めた。別の銀河の超大国なので、感覚の違いは当然ある筈だ。実際、フォルトーゼ国民はお祭り騒ぎの最中だった。

「ふぅむ、我らの場合は地域によるのう。じゃから国民は様々な考え方があって良いと考えておる筈じゃ」

「じゃがフォルトーゼ銀河皇国全体で見ると、そうではない地域――星域も少なくないのじゃ」

「うん。そもそもそれでフォルトーゼの人達が揉めていた訳だし」

「基本的に、我らも一夫一婦制を敷いておる。それは分かるじゃろ?」

「地域によるって、どういう事?」

「えっ、同じ国なのに? 別のルールの地域があるの?」

「うむ。ここ数百年、フォルトーゼは他国を支配下に置いた時、無理な同化はしてこなかった。そのまま自治権を持たせて連合国家の一つとして迎え入れておる。その方が組織の変更が必要無いし、反発も買わぬでのう。もちろんその国の国民が望めば、フォルトーゼと完全に同一化する。どちらにしろ、十分な時間をかけるという事じゃ」

別の惑星にある国家がフォルトーゼ銀河皇国の支配下に入る場合、基本的に彼らが歩んで来た歴史や文化を尊重して、政治形態や文化に変更を加えない。大枠のルールを守ってくれさえすれば、自治を認めてこれまで通りに生活して貰うのだ。もちろんその星の人々が望めば、国家としてフォルトーゼと完全に一体化する。だがそれも早くても接触から数十年後の事だ。フォルトーゼは既に十分に大きいから、あらゆる意味で新たな仲間の決断を待つ余裕があるのだった。

「じゃあ、まだそういう完全には一体化していない国が幾つもあって、その中には複数奥さんを貰っていい国があるってコト？」

「そういう事じゃ。多くが政治的、宗教的な理由でそうなっている国じゃが、中には単純にそういう生命体であるという場合もあるのう」

フォルトーゼの人間が宇宙に飛び出して既に数百年が経過していた。その中で多くの植民惑星が生まれ、あるいは新たな文明との遭遇を果たしていた。そうした星の政治や信仰の形態は必ずしもフォルトーゼのものとは一致しない。その星の状況に応じて定められ、発展してきた。例えば環境が悪い星の開拓初期では、急いで人口を増やす必要があって配偶者を複数持つ事を認めるケースが少なくなかった。だがそうした政治や文化とは全く関係ないケースも存在する。それは別の生命体が興した文明で起こる。例えば蟻や蜂のよう な、女王を中心とする群れを構築する生命体がその一例だった。

「ああ………確かにそうかも。急いで増えなきゃいけない厳しい星で、奥さんや旦那さんは一人にしろって言うのは、確かに乱暴に聞こえるなぁ。別の種族の星だったら、もっとそうだよね」

静香はティアの言葉に驚きつつも、納得していた。郷に入っては郷に従えという言葉があるが、星が沢山あるせいで状況が異なる郷が沢山あるのだ。

「そうじゃ。確かに今の我らの法では一夫一婦制の方が好ましい訳じゃが、それは結局我らの都合でしかない。無理強いは出来ぬのじゃ」

フォルトーゼ人の一般的な感覚では、配偶者は一人が当たり前だ。だがそれはあくまで安定したフォルトーゼの中央にいるからこその視点だった。だから全ての領域に対して、同じルールを押し付けるのは愚策と言う他にないだろう。

「そっかぁ……国が大き過ぎると、そういう問題も起きてくるのねぇ……勉強になったわ」

静香は納得した様子で繰り返し頷いた。銀河の半分を統べる超大国ならではの悩み。だからこその考え方だった。

「という訳で地域による、という答えになるのじゃ。そしてそういう状況であるから、国民も考え方は色々あっていいと思っておる」

もちろんその事に対して多少の反発は起こる。どうしても公平ではないと感じる者もいるだろう。だが多くの国民はそれで仕方がないと思っている。それ程までに宇宙は広大で多様、そして過酷なのだった。

「じゃあ今回の里見君の場合は？」

納得した静香に代わって、晴海が質問を引き継ぐ。やはりこれは、晴海にとっても興味のある話題だった。

「多少の反発は起こるじゃろうが、それでも殆どが肯定的じゃろうな。一刻も早く正式に青騎士をフォルトーゼに迎えたいという感情も後押ししておるようじゃし」

「それでああいう事になるんですねぇ……」

晴海はそう言って小さく笑うと、表示されたままになっていた立体映像に目を向ける。それはニュースの映像で、青騎士の結婚を祝う国民の姿が映し出されていた。公式発表はまだ何も無いにもかかわらず、既にお祭り騒ぎだった。

『ティア殿下と青騎士閣下が格闘技で遊んでいるお姿を拝見して、あ、このお二人は結婚なさるしかないなと感じておりました！』

『それを言うならクラン殿下と青騎士閣下がラジコンで遊んでいる時の可愛らしさときたらもう……あの最後の頬へのキスで私はすっかりあのお二人の虜になりました！』

『そうだなブラザー！　もうどっちだっていいんだ！』

『そうそう、どっちでもいいんだよ！　フォルトーゼばんざーい！』

ティアが言うように、フォルトーゼの国民の感情は『国内に限っても、結婚に関する事情や考え方は様々だ。それが伝説の英雄なら、なおさらだろう。それに青騎士が皇女と結婚すればフォルトーゼ国籍の取得にも繋がるだろう。だったら多少の事には目を瞑ろう。

悪い事はしない人なのは明らかだし』という方向で大まかにまとまっていた。

「対立の日々は終わりじゃ！　よきかなよきかな！」

「ですが殿下、新たに多少おかしな議論も始まったようでございます」

ニュースを見たティアは上機嫌だったが、その隣にいるルースは微笑みながらも軽く眉を寄せていた。

「新たに？　どういう事じゃ？」

「はい。どうやらおやかたさまの結婚相手の、序列についての声が上がっているようなのです」

そしてルースはコンピューターを操作して新たなニュースの立体映像を表示させた。そこに表示されていたのはティア達の名前が並んだ幾つかの棒グラフだった。

「一位、ティアミリス皇女殿下、二十三パーセント？　なんじゃこれは？」

「これは調査会社が緊急調査した、青騎士の第一夫人は誰が相応しいか、というアンケートの結果のようでございます」

「なぬぅ⁉」

ティアは慌てた様子でグラフを確認していく。タイトルには確かに『青騎士閣下の第一夫人には誰が相応しいか』と書かれている。そしてティアの名前の横に書かれている棒グラフの数字は二十三パーセント。つまり二十三パーセントの国民がティアを第一夫人にするべきだと回答したという事になるのだった。

「おほほ、わらわが一位じゃ！」

「クランさん、あれを。二位はクランさんのようですよ」

同時に真希が興味深い事実に気付いた。ティアのすぐ下にはクランの名前があった。支持率は二十二パーセントで、僅差でティアに敗れた格好だった。クランには過去の世界で青騎士と共に戦ったという実績がある。加えて最近はＰＡＦの開発などで目立っているので、クランの人気も非常に高かったのだ。

「あ、あら………」

「一パーセント差なら、調査の日や場所で結果が変わりそうですね」

「マキ、あまりからかわないで下さいまし」

「ふふ、申し訳ありません」

「にゃー」

誇らしげに胸を張るティアに比べ、クランは恥ずかしそうだった。クランも確かに嬉しいし誇らしいのだが、そういう目で国民に見られているのだと考えると恥ずかしくなってくるのだった。

「注目ポイントは、第三位にエルファリア陛下の名前が挙がっている事です」

「エルがっ⁉」

これまでグラフには興味がなさそうだった孝太郎だが、エルファリアの名前が挙がっている事を知ると慌てて身体を起こしてグラフを見た。すると確かに三番目にエルファリアの名前が挙がっていた。

「本当じゃ！　母上が三位になっておる！」

「支持率十九パーセント……これは相当なものですわね」

これにはティアとクランも驚いていた。ティアとクランが上位に来るのは、ある意味想像の範囲内だった。というのも、やはり昨年の内戦の影響が大きく、青騎士の傍には二人の皇女有り、というのがフォルトーゼ国民が持つ一般的なイメージなのだ。そこへほんの数パーセント差でエルファリアが迫っているという事は、確かに誰にとっても大きな驚きだった。

「……どういう事なんだ、これは？」

孝太郎にとってもこれは予想外だった。するとこれまでずっとコンピューターを弄っていたキリハが孝太郎の疑問に答えた。

「どうやら我らが思っていた以上に、汝とエルファリア陛下の親密な様子が世の中に知られているようなのだ。加えて陛下はまだお若い。フォルトーゼの常識では、十分に結婚の適齢期なのだ」

フォルトーゼでは当初、ティアとクランが孝太郎と仲良くしている事だけが知られていた。これは主にナルファが撮影した動画の影響であったのだが、孝太郎がフォルトーゼへ再帰還して以降は、少しずつエルファリアとの関係も知られるようになっていった。そのきっかけはやはりナルファの動画や、報道カメラが偶然撮影した映像だった。孝太郎とエルファリアが二人で紅茶を飲んでいる姿や、悪戯をしたエルファリアが怒った孝太郎に追い回されている動画は大人気で、数え切れないほど繰り返し再生されていた。これにより孝太郎とエルファリアの関係も注目されるようになっていった。

これを更に後押ししたのが、エルファリアが結婚適齢期であるという事実だった。エルファリアはティアの母親とはいえまだ三十代で、科学の進歩したフォルトーゼでは十分に結婚適齢期の範囲とされる。そしてもう一つ、エルファリア第一夫人論を後押ししていたのが、彼女が皇帝であるという事実だった。

「そして孝太郎、汝が思う以上に青騎士という名前が重かったのだ。皇帝でなければ釣り合わないんじゃないか、という声が上がってしまう程にな」

街角で国民に対して青騎士のパートナーに相応しいのは誰かとインタビューした場合、

確かにティアやクランの名前が多く上がる。これは間違いない。しかしそう答えた者達でさえ、青騎士のパートナーはアライア帝なのではないか――続けてそう質問された場合には、すぐには否定の言葉は出ず、少し悩んでから自分なりの結論を出す。やはりフォルトーゼ国内では、青騎士は伝説のアライア帝のパートナーという意識が今も根強い。だからこそ持ち上がってくるのが、第一夫人は皇帝でなければ釣り合わないのではないかという議論だった。やはり青騎士の名はそれ程までに重いのだ。

「ついでに言えば、母上がそなたと結婚する場合、第二夫人以降では何かと不都合が起こるというのも問題じゃ」

「現皇帝が第二夫人以降になるのはまずいんじゃないかっていう事か？」

「うむ。例えばわらわが第一夫人となった場合、母上との立場がその部分でだけ逆転してしまう構図は、公的には扱い辛いからのう。とはいえそれはあくまで政治側の都合の話であって、国民が支持する理由は単純にそなたと母上の関係が良さそうに見えるという事じゃろうがの」

　こうした複数の事情が重なった結果、第一夫人はエルファリアにしておくのが一番角が立たないんじゃないの、という意見が保守層を中心に徐々に力を持ち始めていた。

「そういう事か。事情は分かったが……それはあくまで俺とエルに結婚する意志があっての話だろう?」

国民と政治家がどのように考えているかは分かった。しかしやはり結婚の話である訳なので、当事者の考えが優先される。その点で言えば、孝太郎は自身とエルファリアの結婚に関しては懐疑的だった。

「コータローや、そなたは母上の事が嫌いか?」

ティアは何度か瞬きを繰り返すと、不思議そうに首を傾げる。

「そういう訳ではないんだが」

孝太郎は軽く首を横に振る。孝太郎はエルファリアの事が嫌いではない。むしろ友達以上に思っていた。

「では、年上は女としては見えぬと?」

「………むしろその方が話は簡単だったんだよ」

また孝太郎は、エルファリアから女性としての魅力を感じないという訳ではない。むしろその反対で、孝太郎の周囲にいる女性達の中では、恐らくエルファリアが女性らしい魅力という点では飛び抜けていた。実際エルファリアと一緒に居ると、思わず目を奪われる瞬間というものが度々あった。

「分からんのう。ならば何が問題じゃ?」

嫌いではない。魅力も感じる。だったら何に悩むのか――ティアはこれまで以上に不思議そうな表情で首を傾げた。

「あいつは皇帝だぞ！　銀河の半分を股にかけた大帝国の指導者だぞ！　それがどこの馬の骨とも分からない若造と――」

孝太郎は自分が銀河の超大国の皇帝に釣り合う人間とは考えていなかった。どこにでもいる普通の高校生に、その相手が務まるとは思っていなかったのだ。

「その銀河を救った英雄が、どこの馬の骨とも分からぬ若造じゃと？　そなたの事なら歴史の教科書に幾らでも書いてある！　そなたほど誰にでもよく知られておる馬の骨はおらぬわ！」

ティア達の解釈はその逆だ。むしろ青騎士という看板の方が遥かに重い。フォルトーゼの皇帝は百人以上いるのだが、青騎士程の英雄は一人だけだ。内戦への参戦が遅れたネフイルフォランがそうであったように、皇族側が気負う事はあっても、その逆は有り得なかった。

「ぐっ、そ、それにあいつの気持ちも考えろ！」

「……………考えるまでもないと思うのじゃが」

ティアの言葉と視線は辛辣だ。実は公にはなっていないが、孝太郎はエルファァリアの私室に自由に立ち入る事が出来る唯一の人間だった。この事実の恐ろしいところは、エルファリアが許可したから入れるという訳ではない事だ。何の許可も取り決めもなく、最初から何となくそうだったのだ。それを当事者も含め、誰も疑問に思っていない。孝太郎とエルファリアの間には、そうした事が沢山存在している。ティアが言うように、どれも孝太郎がエルファリアにとって特別な人間でなければ起きない事ばかりだった。

「仮にそれが問題ではなくとも、大分待たせる事になるんだぞ？　それではあいつの貴重な時間が――」

「今のフォルトーゼの医療技術なら、母上はこの先何十年かあの姿のままじゃぞ。子供だって普通に作れるじゃろうし」

　エルファリアは今でも十分に若々しく美しい。そして現在のフォルトーゼの技術では、老化の防止は難しくない。更に言うと身体への負担を無視すれば、若返りも決して不可能ではない技術水準なのだ。皇帝なのでリスクがある若返りは難しいだろうが、老化の防止だけでも孝太郎の決断を待つのに十分な時間が稼げる筈だった。

「そういう問題じゃない！」

　エルファリアにはエルファリアの人生がある。エルファリアは皇帝という難しい立場にあるので、少しでも後悔のない人生を送って貰いたい。もしエルファリアが本当に孝太郎の事が好きなのであっても、孝太郎は自分の決断を待つ為に浪費される彼女の時間を無視する事が出来なかった。本当なら孝太郎は、同じ事を周囲にいる少女達にも言いたいのだが、そちらはもう半ば諦めつつあった。

「ふふん………安心した」

そう言ってティアは嬉しそうに微笑んだ。

「え？」

「その様子なら、母上にも十分チャンスがありそうじゃ」

孝太郎の言葉通りなら、孝太郎が心配しているのは、皇帝のエルファリアではなく、一人の女性としてのエルファリアだ。孝太郎がエルファリアという女性を心配しているのであれば、それはそのまま彼女にもチャンスがあるという意味になる。もし孝太郎が皇帝を心配しているだけだったのであれば、チャンスなどなかったのだ。

「そんな事は――」

「無いと言い切れるか？」

「………」

孝太郎は不思議と反論出来なかった。むしろ結婚したらどうなるのか、その想像がついてしまったから。朝はエルファリアと一緒に紅茶を飲み、一緒に公務をしてから中庭の温室で植物の世話を——それは決して現実味のない想像ではなかった。

いつでも常に忙しいティアとエルファリアではあるが、親子の時間はきちんと取るようにしていた。フォルトーゼを内戦状態からきちんと立て直した事で、エルファリアの支持は大きく高まり、敵対勢力は弱体化した。おかげで少しだけならそういう時間を持つ余裕が出来ていた。もちろんこれには、ティアが成長した事でエルファリアの手伝いが出来るようになった影響も大きかったのだが。

「……という事は、貴女を地球へ送った事は、総じて正解だったと言えますね」

「もちろんですぞ母上！　見識が広がり、生涯の友を得ました！」

二人は今、皇宮の中庭にある温室で紅茶を飲んでいた。そこではエルファリアが育てた草木が、鮮やかに花を咲かせている。そんな穏やかな空間で、二人はのんびりとした時間を過ごしていた。

「ふふ、最愛の人も、でしょう？」

エルファリアはからかうような口調でそう言った。ティアが地球で得た最大のもの、それは人を愛する心だろう。そしてその多くが、地球に住んでいた一人の少年に注がれる事になったのだ。

「はい。その通りです」

それに対してティアはきっぱりと頷いた。照れたり誤魔化したりする事なく、むしろ誇らしげでさえあった。ティアは分かっているのだ。人を愛する心はとても大切なもので、それが自身を成長させたのだ、と。

「成長しましたね、ティア。この言葉に堂々と同意出来るのは、大人になった証です」

「確かに。地球へ行く前のわらわなら、慌てて否定したでしょうな」

ティアの脳裏にかつての自身の事が浮かんでは消えていく。原始人――かつてのティアは、今では最愛の人となった少年に向かってそう言った。だが実際は反対だった。当時の彼女は、全ての事を力尽くで解決しようとする、文明人を気取った原始人だったのだ。その証拠に今の仲間達を殺しかけた事さえあった。かつてのティアは本当に危なかった。エルファリアが軍部と対立していた状況では、ティアは騙されて利用されるのがオチだっただろう。しかしこの二年余りの時間を経て、ティアは大きく成長した。今のティアはエルファリアのアキレス腱ではなく、エルファリアを守る剣だった。

「娘が大人になるのは、嬉しいような、寂しいような……複雑な気持ちです」

　エルファリアはそっと微笑む。皇女らしく成長した娘を頼もしく思う反面、ずっと手のかかる娘でいて欲しかったという気持ちもあった。そしてティアが手のかかる娘のままではいられなかったのは、エルファリアが皇帝であった事も原因の一つだろう。そういう部分を幾らか申し訳なく思うエルファリアだった。

「そう仰る母上は、いつ大人になるのですか？」

　不意に、ティアの口からそんな言葉が飛び出した。その言葉を口にした時、ティアは何時になく真剣だった。

「ティア……………？」

　その表情と言葉の真意を図りかね、エルファリアは僅かに首を傾げる。

「母上は常にご自身の本音を隠しておられまする」

　ティアは心身共に成長し、自分に出来る事と出来ない事があると認め、他者を尊重して時には頼る事も必要だと悟った。だがエルファリアはそれをしない。彼女はそれを常々疑問に感じていた。

「皇帝が常に本音で行動していては、国が傾きます」

　国の指導者が気分で仕事をする訳にはいかない。変更すべき合理的な理由がある場合にはその限りではないが、前の皇帝が定めたルールは、エルファリアが個人的に気に入らなくてもなるべく維持されるべきだ。それが国を安定させる基本だ。皇帝が代わる度に多くのルールが二転三転していては国が傾いてしまう。自分の本音を押し殺し、政治の安定に尽くすのは政治家の宿命だった。だがそんなエルファリアの言葉に対して、ティアは首を横に振った。

「母上、わらわは皇帝という仕事について申し上げているのではありませぬ。もっと個人的な事の本音について申し上げているのです」

ティアが注目していたのは皇帝としてのエルファリアの本音ではなく、一人の女性としてのエルファリアの本音だった。

「個人的な、本音……？」

「母上は何故、コータローへの気持ちを隠しておられるのですか？」

ティアの勘では、エルファリアは孝太郎に好意を抱いている。だが彼女は決してそれを表に出そうとはしない。その仕草や言動から、想像がつくくらいだ。その事に気付いているのは実の娘であるティアと、他人の感情を読むのが得意なキリハぐらいだろう。またエルファリアは、他人が多くいる場所では自制してしまう事もそれに拍車をかけていた。立場上、他人に気持ちを悟られないようにするのは分かる。しかしエルファリアが孝太郎に直接好意を示さないのは何故なのか。ティアはそれが不思議でならない。成長したからこそ感じる疑問だった。

「…………」

そんなティアの率直な言葉に、エルファリアは表情と言葉を失った。すぐに表情は感情を取り戻したが、言葉を発したのはティアの方が先だった。

「やはり、母上は今もコータローが好きなのですね」

ティアはこの時のエルファリアの反応で確信した。想像していた通り、エルファリアは孝太郎に好意を抱いていると。

「そんな事は――――」

「隠してもティアには分かりますぞ、母上。その顔は女の子がしばしば好きな男の子の為にする顔です」

ティアの言葉に動揺したエルファリアは、普段から心に被せている鉄の仮面が剥がれ落ちてしまっていた。この時の彼女は他者から特定の男性への気持ちを指摘され、誤魔化そうとしている少女のようだった。

「それに……そもそもおかしいのです。たとえ相手が伝説の英雄だとしても、何とも思っていない男にわらわを――――一人娘を預けたという事そのものが」

ティアが最初に疑問を持ったのは、エルファリアがティアの皇族の試練に介入し、孝太郎の所へ送ったという話を聞いた時だった。

「好きではないのであれば、たった数日一緒に居ただけの相手の筈なのですぞ？」

二十年前の世界において孝太郎とエルファリアが一緒に居たのは、十日にも満たない短い期間だった。たとえ相手が伝説の英雄だったとしても、それは他人を信頼するにはあまりにも短い期間だ。しかも実の娘を守って貰おうというのなら、信頼するに足る明確な理由がある筈なのだ。ティアはそれを特別な感情に由来するものだと思っていた。

「それは………」

エルファリアは再び言葉に詰まった。確かにそうなのだ。冷静になって考えると、実の娘をたった数日間行動を共にしただけの相手に預けるなど、考えられない事だった。例えば入社して一週間くらい経ったばかりの新人社員に、娘を預けると考えれば分かり易いだろう。余程の事がなければ有り得ない事だった。だがエルファリアは今の今まで、そこに疑問を感じていなかった。孝太郎なら絶対に大丈夫だと思い込んでいたのだ。

「青騎士の名前の利用の仕方にしてもそうです。あやつが絶対に味方だという確信がなくば、出来ない事ばかりではありませぬか。何でもない相手の名を使って、母上がそんな危険な賭けをするとは到底思えませせぬ！」

ティアの指摘は続く。エルファリアは青騎士の名前を使って、運用ルールにガタが出始めている物流業界に大きな規制をかけた。これにより税制面での適法性の確認と、適切な雇用労働状況の確認が為されるようになった。これはエルファリアの目論見通りの結果だった。だがこれには一つ大きな落とし穴が隠れている。青騎士の名声を土台にしている策なので、青騎士の名声が地に堕ちれば振り出しに戻る。孝太郎が今後もずっとフォルトーゼの味方であり、そして英雄らしく生き続けてくれる事が前提となっているのだ。それをエルファリアが大丈夫だと確信する根拠は何なのか。それがなければ、エルファリアは非常に危険な賭けをした事になる。しかしティアにはエルファリアがそんな危険な賭けをするとは思えなかった。それはつまり――――ティアはこのエルファリアの行動から、ただの英雄へ向ける以上の感情を感じ取っていた。

「………」

この世に絶対などない。だから政治を執り行うならば、絶対という言葉は使えない。そうなるように願いつつ、多くの策を講じるのが政治家の正しい姿勢だろう。にもかかわらず、エルファリアは孝太郎を信じていた。絶対に裏切らない人だと確信していたのだ。それは確かに奇妙だった。

「更に申し上げれば、この紅茶もです。聞けばコータローとクランが持ち帰った種から育てたというではありませぬか」

ティアはそう言いながらティーカップを持ち上げて見せる。実はエルファリアが愛飲しているルブストリという品種の茶葉は、数百年前の自然災害で一度絶滅していた。それを復活させたのはエルファリアであり、公にはなっていないが、その種は孝太郎とクランが二千年前から持ち帰った物だった。考古学者として、アライアが愛飲していた茶葉を復活させたいという気持ちはあるだろう。だがティアにはそれが、完全に孝太郎と無関係とは思えなかった。孝太郎がルブストリの種を持ち帰ったのは、現代でも飲みたいと思うぐらいに好きだからだ。そしてエルファリアはそれを知っている。そんな彼女がルブストリを復活させようとした動機に、その事が含まれていないと考えるのは不自然だった。

娘を任せよう、仕事に影響力を使わせて貰おう、紅茶を蘇らせよう――――そうした感情は果たして何処からやってくるのか。そしてそう、それは感情であり、根拠がある合理的な判断とは言えない。エルファリアの心の奥底に、確かにあるのだ。彼女にそうさせるだけの、十分な何かが。この時エルファリアもそれを自覚し、遂に観念した。

「……………私はもう、あの方よりもずっと歳上になってしまいました。そんな私があの方の足を引っ張る訳には参りません」

ずっと歳上で、皇帝でもある。誰かと男女の関係になるには、どちらも大きなマイナス要素だった。愛する男性にそういう自分を押し付ける事が、エルファリアには出来なかった。それは愛すればこそであり、同時に彼女の弱さでもある。だからティアと孝太郎が結婚し、その母親に収まるので構わないと思っていた。

「母上、気持ちを押し殺しても良い事はありませぬぞ」

だがここでもティアは強かった。ティアにはエルファリアの気持ちがよく分かった。構図が逆ではあるが、ティアが孝太郎を愛するようになった時にも同じような問題にぶつかったのだ。フォルトーゼの皇女と異星人の一市民の間には、やはり大きな壁があった。しかしそれを突き抜けてここに居る。ティアはエルファリアにも同じようにして欲しいと思っていた。

「しかしそれでも……あの方を煩わせる事には抵抗があるのです」

エルファリアは悲しげに目を伏せる。ティアの言い分も分かる。だがそれが可能だったのは二十年前の、皇女だった頃のエルファリアだ。今の彼女には長過ぎた時間と、皇帝という肩書きが、重く圧し掛かっていた。

「母上、意地を張るのはお止め下され！　そんなもの、人と人の幸福を生み出す上で、何の役にも立ちませぬ！　先日だって――」

だからティアは話し始めた。自分達が普段どのように過ごしているのかを。本当に大事な事にだけは、意地を張らない方が良いのだと、分かって貰う為に。

地球とフォルトーゼ、その狭間にいる孝太郎達は常に仕事に追われている。やはり両者の交流を取り持つ立場になると、高校生らしく遊んでいる暇がないのが現状だ。最近は特にラルグウィン一派の暗躍もあるので、その傾向は強まっている。だが本当に休みなしに働いていると心身を壊してしまう。そこで時には高校生らしく夏を楽しもうという話が持ち上がっていた。

「とはいえ、ここで休みの全てを使い切る訳には参りませんし、その日数の分だけ仕事が止まる訳なので、残念ながら休みは一日だけでございます」

孝太郎達の日程調整を担当したルースはそう言って小さく苦笑した。何とか全員分の休みを確保したルースではあったが、その作業は困難を極めた。全員が全員、特別な才能の持ち主なので、それぞれの仕事場で大人気なのだ。例えばゆりかや晴海は皇国軍に大人気だし、クランは技術や諜報に関する部門からのラブコールが多い。キリハなどは彼女の存在を知る全ての勢力が取り合いを繰り広げている始末だ。そういう状況ではルースが苦労するのも無理はなく、むしろ休みを一日確保出来た事を褒めてやる必要があった。

「じゃーその日にやりたい事全部突っ込もう」

そんな訳で、この『早苗ちゃん』のダイナミックな提案はすんなりと全員に受け入れられた。忙しい毎日を送る少女達だが、それでも年頃の女の子なのだ。時には遊びたいという気持ちは強かった。

「凄い弾丸ツアーになりそうだな」

賢治がそう言って小さく肩を竦める。この『休日何するか会議』はころな荘の一〇六号室で行われているが、今日は賢治もそこに加わっている。単純に遊びに行く話なので、賢治にも声がかかったのだ。

「……お前だけあからさまに他人事だなぁ、マッケンジー」

そんな賢治に対し、孝太郎はうらめしげな視線を向ける。

「そりゃあそうだ。お前と違って、俺は普通に高校生やってるだけだからな。普通に高校最後の夏休みを楽しんでるぞ」

この場に集ったメンバーのうち、唯一暇を持て余しているのが賢治だった。高校三年の夏休みで既に演劇部の役職は解かれているし、宿題などもそつなくこなしている。今日も明日も明後日も、賢治だけは寝ていて問題がないのだった。

「この裏切り者！」

「お前が勝手に英雄になったりするからだろ。それにどちらかというと裏切り者は、非モテ系同盟を裏切ったお前の方だろう?」

「忘れろよその事は」

「裏切られた方は忘れてないんだよ。最近はコウに異星人の女が出来たらしいって、大騒ぎしてるぞ」

フォルトーゼの地球来訪による大騒ぎの影響で、最近はめっきり活動が減った非モテ系同盟であるが、今も虎視眈々と裏切り者の粛清の機会を狙っていた。やはりカリスマ的リーダーの手酷い裏切りは、彼らの心に深い傷を残していたのだ。

「ふふん、気持ちは分からんではないな。わらわは美しいからのう」

「あ、いや、ネフィルフォラン殿下の事みたいですよ。背が高くて胸の大きい皇女様みたいな話でしたので」

孝太郎は地球では公式の場に出た事がなかったが、ネフィルフォランは既に良く知られていた。そしてそのネフィルフォランが吉祥春風高校で孝太郎と話している姿は度々目撃されている。その為『なんでなんだよ、あいつばっかり!』という激しい怒りが非モテ系同盟に蔓延していた。

「………マッケンジー、直ちにそやつらの居場所を吐け。殴りに行く」

「隠さずに吐いた方が良いですわよ。貴方の電話をハッキングして通話記録を調べても構いませんのよ？」

そして賢治の言葉はティアとクランの心にも深い傷を残した。二人ともいつも通りの皇女スマイルを浮かべていたものの、目の奥には剣呑な光が宿っていた。

「マッケンジー、お前責任取れよ。下手すりゃ国際問題――――いや、星際問題か？」

「……お前、おっそろしい空間に住んでるんだな……」

フォルトーゼ、大地の民、フォルサリア。少女達はその多くが、そうした勢力の指導的な立場にある。言ってみれば常時サミット開催中の状況だった。何かあれば国際問題となるのが必至で、むしろまだそうなっていないのが奇跡だった。

「いいから吐くのじゃ！」

「そうですわ！　隠さず吐いて下さいまし！」

こうして多少の不協和音を奏でつつも、孝太郎達は揃ってたまの休みを楽しむ事になったのだった。

その日、孝太郎達が最初に向かったのは映画館だった。何故最初に映画館なのかというと、そうすると上映のタイミングが良かったのだ。孝太郎達は三チームに分かれ、それぞれ一本ずつ映画を観る事になっている。これは単純に興味の問題だ。そしてその三本の映画は、その日の最初の上映のタイミングが朝九時のあたりに集中していた。映画はどれも長さが異なり、また客の入りも一致しない。おかげで二回目以降の上映は、タイミングがバラバラになってしまっている。そういった事情から、孝太郎達は最初に映画館にやってきたのだった。

「で、非モテ系同盟とはどうなったんだ？」

「………ちょっと前から連絡が取れない」

「良かったなあ、マッケンジー。これでお前も立派な裏切り者だ」

孝太郎と賢治はアクション映画を観るチームに入っている。そこには『早苗ちゃん』と静香、そして意外な事にキリハの姿があった。

「ねー静香ぁ、メガネ君は何で非モテ系同盟と仲良しだったの？」

「マッケンジー君はね、バレンタインデーのチョコレートで彼らを買収したのよ」

「実は彼らと手を組んで、里見孝太郎を陥れようとした事があるのだ。それ以来の付き合いだったらしい」

「ふーん、つまり友情というか妥協というか、ともかくその後ろ暗い繋がりが、ティア達へのタレコミで瓦解したと」

「どうもそういう事みたいね」

五人は連れ立って五番スクリーンへ向かう。この映画館は全部で十個のスクリーンを持つ、いわゆるシネマコンプレックスだ。彼らの周囲には同じように五番スクリーンに向かう人々の姿があった。ちなみに他の面々は既に入場済みだ。孝太郎達が観る映画の上映開始が他の二つより十分遅かったのだ。

「……今になってようやく分かったが、彼女を失うより、男の友達を失う方が堪えるのな」

「今頃気付いたのか―――って、お前の場合は単に女の子と別れるのが日常的過ぎるんじゃないか?」

「孝太郎、そんな事より五番スクリーンここだよ」

「おい、そんな事だってよ」

「ちょっとは慰める姿勢を見せろ、コウ!」

五番スクリーンの入り口には、孝太郎達のお目当ての映画のポスターが貼られていた。その名も『甲虫王者カブトンガー・ザ・ファースト』。カブトンガーは十年以上も前から主人公を変えつつ連綿と続いてきた不動の人気ヒーロー番組であり、これはその劇場版映画だった。ザ・ファーストの名前から分かる通り、今回は初代カブトンガーのリメイク映画となっている。昨今は映像技術が急激に進歩しているので、現代の技術で初代をリメイクするという試みが行われる事になったのだ。孝太郎にとっては通常の放送や繰り返される再放送で脳に刷り込まれてきた作品なので、現代の技術でカブトンガーとスカラベキングの戦いが蘇ると言われてしまえば、避けては通れなかった。

「初代のデザインを踏襲しつつ、大人の視聴に耐えられるだけのディティールアップ。なかなか期待の出来るデザインだ」

ポスターを見つめるキリハの横顔は楽しげだ。これまで諸事情で若干落ち込み気味であった賢治だが、そんなキリハの横顔が気になって口を開いた。

「しかし………意外ですね。倉野さんがこういう映画に興味があるとは思いませんでした」

冷静になるとキリハがこの場にいるのは奇妙に思える。キリハは高校では優等生のように振る舞っていたので、そのイメージにそぐわなかった。更に言うと本来の彼女を知った事で、もっとイメージにそぐわなくなった。知的で優雅なキリハが何故この作品に――

賢治がそう思うのももっともだろう。

「自分で言うのもなんだが、昔の我はかなりのお転婆だった。女児向け作品よりも、こうしたヒーロー作品に興味があったのだ」

「なるほど、俺達同様に子供の頃に刷り込まれたタイプですね」

「うむ。それとこの作品に関連して、ちょっとした想い出がある」

キリハは軽く頷きながら、そっと胸元に触れた。その下には彼女の宝物がしまい込まれている。その時のキリハの顔を見て賢治はピンときた。

――幼馴染みか初恋の相手か………ともかくその辺りに絡んでいるから、作品にこだわりがあるって事か……なるほど、それなら倉野さんでもあり得るな………。

賢治の頭の中でようやくキリハとカブトンガーが繋がる。想い出絡みというのは、賢治にも納得出来る話だった。

「メガネ君、あたし達にはそういうの聞かないの？」

「はははは、東本願さんはどうしてこの映画を？」

「んーとねー、カッコイイから！　へんしんっ！」

早苗はそう言うとカブトンガーの変身ポーズを取る。『早苗ちゃん』は現在進行形でヒーローが好きだ。そのポーズの完成度から分かるように予習は完璧で、恐らく終われば孝太郎はヒーローごっこに付き合わされる筈だった。

「非常に分かり易い理由ですね」

「でしょー！　スカラベキングはあたしが倒す！」

「マッケンジー君、私には？」

　続いて静香が賢治に笑いかける。毎日クラスで話している時のような、いつもの口調と笑顔だった。だから賢治も同じような調子で応じた。

「笠置さんはどうしてこの映画を？」

「私は研究の為ね」

「そう言えば笠置さんはヒーローショーの手伝いもしていましたね」

「そう！　最新作ともなれば、観といて損はない筈だからね」

「気持ちは分かります」

「そっか、マッケンジー君は演劇部だもんね」

「はい。俺もよく演目の関連作品を観てました」

　静香はアルバイトでヒーローショーの手伝いをしているので、観劇後は早苗とはまた別の理由で、孝太郎とヒーローごっこをする予定だった。そんな三人のやりとりを黙って見ていたキリハは何事かを思い付き、孝太郎に笑いかけた。

「それでは里見孝太郎、汝は何故この映画を？」

「知ってるだろ。俺もカブトンガーが好きなんだよ」

「……それ以外の理由は少しもないと?」

続くその一言だけは、孝太郎にだけ聞こえるように囁かれた。そしてその時同時に、キリハは再び自身の胸元に触れた。その仕草に何の意味があるのか、孝太郎にはよく分かっている。それから孝太郎は無言で十数秒を過ごし、頬を三回ほど掻いた後、何故か妙に照れ臭そうに答えた。

「ない……事はない」

「そうか」

孝太郎の返答に対するキリハの更なる返答はシンプルだった。しかしその表情はとても明るく、そしてとても静かだが深い感情で彩られている。それがどういう感情なのかという事に気付いてしまった孝太郎は、思わず目を背ける。直視するにはあまりに眩しく、同時にそれが自分の中にも存在している事に困ってしまったからだった。

「へぇぇぇ」

賢治はそんな孝太郎に冷ややかな視線を送る。賢治には二人が交わした言葉は聞き取れなかった。だがその後の二人の様子から、どういう感情が行き交っているのかは想像がついた。

「ほぉぉぉ」

静香の視線も冷ややかだった。彼女も状況は賢治と変わらなかったが、ちょっとした嫉妬というか、後で私にも同じようにしてくれるんでしょうねぇという無言の圧力が含まれていた。

「……………んー」

ちょっと違う反応だったのが早苗だった。早苗の場合は賢治や静香とは違って、直接孝太郎とキリハの感情が伝わってきていた。だからこその疑問があった。

「ねー孝太郎」

「うん？」

「その感じの霊波なのにさ、なーんで意地張ってるの？」

孝太郎とキリハの霊力は優しく穏やかに絡み合い、あたたかな霊波を放っている。どう考えてもそっぽを向く必要があるとは思えない。むしろキリハを抱き寄せてちゅーの一つもすればいいのに、というのが早苗の率直な感想だった。

「俺にも色々と都合があるんだよ」

「都合かぁ………ふぅん」

孝太郎の意識が早苗に向いた瞬間から、孝太郎と早苗の霊力が絡み合い始める。その結果放たれる霊波は直前に見たものとよく似ていた。だから早苗はそれ以上孝太郎を追及するのを止めた。

「男の子は大変だね？」

「まぁな」

孝太郎はそっぽを向く。けれどその霊力はまだ早苗の周りに漂っているから、彼女は小さく笑いながらそっと手を伸ばし、それに触れた。

「……不公平だ」

「まあまあマッケンジー君、今日は映画を楽しみましょ！」

少し不満げな賢治の背中を押し、静香は五番スクリーンに入っていく。ここへ来た目的は孝太郎ではない。これからその目的、映画が始まるのだ。

「あ、待って！　あたしも行く！」

早苗はスクリーンの入り口に用意されている子供用のクッションを借りると、慌てて二人の後を追った。すると後には孝太郎とキリハが残された。

「我らも行こう」

「ああ」

孝太郎とキリハは三人を追って歩き始めた。その少し後、キリハは孝太郎の腕に自らの腕を絡めると、ほんの微かに孝太郎に身体を預けた。

「……あー、ええと……」

孝太郎は一瞬、それを止めさせようかと思った。だが実際にそうする直前、早苗の言葉を思い出した。そして十年前の世界での出来事も。だから考え直した。

「いや、まあ、うん……」

「ふふふ」

くるくると孝太郎の表情が変わったので、キリハはその葛藤に気付いている。だが彼女は何も言わず、ただそっと腕の力を強めた。


映画を観終えた孝太郎達は、テーマパークへ向かった。実は映画館から徒歩三分の距離に、猫のキャラクターで有名なテーマパークが建っているのだ。厳密に言うとテーマパークに近い映画館を選んだという方が正しいだろう。だが孝太郎達の目的は猫のキャラクターではない。テーマパークに新設されたアトラクションだった。

「里見さぁん、やっぱり止めましょうよぉ……」

「今更何を言ってるんだお前は。みんなで夏の思い出を作りましょうっていう話だっただろうが」

「わざわざ怖がりに行く意味が分かりませぇん！」

問題のアトラクションはホラーハウス、いわゆるお化け屋敷だった。それは廃病院をモチーフにしたリアル嗜好のホラーハウスで、新設された直後から大評判になっていた。孝太郎達の間でも度々話題に上がっており、この機会を逃すまいとやってきたのだった。

「そうは言うがな、お前いつもゾンビやら何やらと普通に戦ってるじゃないか」

「現実のゾンビは怖がらせようとはしないんですよぉうっ！」

とはいえ全員が喜んでいるという訳ではない。その筆頭はやはり怖がりのゆりか。彼女はホラーハウスに入りたくないと駄々をこねていた。

「何で角で待ってるんですかぁっ、お化け屋敷のゾンビとか幽霊はぁ！」

「仕事だからだろ」

「アンデッドに仕事は必要ないですよぉうぅっ！」

「しょうもない事言ってないで、さっさと来い」

「いやぁぁあっ！　殺されるぅぅうっ！　食べられちゃいますぅぅうう！」

「止めろ、人聞きの悪い」

「だってだってぇぇっ！」

必死になって半泣きで抵抗するゆりかだったが、結局は孝太郎の腕力には敵わず、ずるずると引き摺られていく。そんな騒々しい二人の様子を見守っていたのが、琴理とナルファだった。ホラーハウスで全員で固まって歩く訳にもいかないので、一行は四人ずつの組に分かれていたのだ。

「今日も容赦ないわねー、コウ兄さん」

琴理はゆりかと孝太郎の様子に苦笑いする。実は彼女にも似たような経験があった。今も一人の時はその気があるが、かつては内向的だった琴理。彼女が勇気を出せずやりたい事に尻込みをしていると、孝太郎は彼女の手を引いてグイグイと先へ進んでしまう。それは結果的に正しいのだが、心の準備をする時間をくれない事だけは問題だった。今回も高校最後の夏の思い出作りなので、引き摺ってでも同行させる方が正しい筈だ。参加しておけば後できっとみんなで懐かしむ事が出来るだろうからだ。とはいえ怖がりのゆりかにとって、大きな試練である事は確かだった。

「………はぁ………」

そんな琴理とは違って、小さな溜め息をついたのはナルファだった。彼女はそうしながら、自分の掌をじっと見つめる。そして再びゆりかと孝太郎に視線を戻した。そんなナルファの様子に気付いた琴理がニヤリと笑った。

「ナルちゃん、もしかして、怖いって言えばよかったなぁって思ってる？」

琴理のその一言に、ナルファの表情が凍り付く。そして慌てて否定しようとした。

「そんな事は決して！」

「ない？　本当に？」

「……じ、実は、多少……」

だが繰り返し琴理が問うと、ナルファは恥ずかしそうに頬を染めつつ、ゆっくりと頷いた。琴理が指摘した通り、ナルファは少し後悔していた。ナルファもどちらかと言えば怖い派だったが、みんなで思い出を作るのだと我慢していた。だがもしゆりかのように怖いと言って駄々をこねれば、自分も孝太郎に手を引いて貰えたのではないだろうか。あの溜め息にはそんな気持ちが込められていたのだ。

「コウ兄さんが相手の時はね、意地を張ると損をするの。基本的に大雑把な人だから、よっぽどおかしな事を言わない限りは、大抵の事は大目に見てくれるわ。だから常に気持ちを示して大丈夫よ」

これは琴理の経験上、間違いのない話だった。孝太郎はそれが邪悪な事でない限り、大抵の事は笑って許してくれる。ちょっとしたワガママや悪戯など、気にもしないだろう。実際、ゆりかが怖がって泣き叫んでいても、彼女の評価が下がったりはしないのだ。

「……それは幼馴染みのコトリだから言える事です。普通はその、好きな男の人に自分の無様なところは見せたくないというか……」

琴理の言葉は正しいのかもしれないが、それは幼馴染みだからこそだ。そうではない女の子は、好きな男の子に自身の可愛いところだけを見て貰いたいと思うものだった。

「気持ちは分かるけど、ナルちゃんはずっとお友達で居たい訳じゃないんでしょう？　本当のナルちゃんを隠したまま、その先へ進むつもり？」

ナルファの目標は幼馴染みよりも、もっと強い繋がりである筈だ。だとしたら幼馴染みに出来る事はナルファにも出来る必要がある――琴理はそう思っていた。

「それは……そういう訳には、いかないかと……」

ナルファはおずおずと頷く。琴理の言葉はナルファにも正しいように感じられた。

「だったら曝け出すしかないわよ。だいたい、あれと同じかそれ以上を目指さなきゃいけないのよ？」

琴理は頷き返しながら、ゆりかの方を指し示す。そのゆりかはホラーハウスの入り口にある、凝った造りの街燈にしがみついてなおも頑強に抵抗を続けていた。

『里見さんのえっちぃ！　へんたぁいっ！』

『ゆりか、その作戦はもっと早くやるべきだったな。散々騒いだ後じゃ効く訳ないだろ。

ホラ、キャストさんが苦笑いしてる』

『し、しまったぁぁあっ!!』

『お前さ、そろそろ諦めろよ。逃げられないんだよ、もう』

声はここまでは届いていないが、それが間違いなくただの友人同士のやり取りではない事は琴理達にも伝わっていた。

「手段を選んでいる余裕はないわよ、絶対」

「………が、がんばります………」

毎回あれだけの醜態を晒しつつも、ゆりかと孝太郎の関係には傷一つ付かない。そんな事が問題にならない程、強い関係が構築されているのだ。逆に一つの思い出として、関係を強めているのではないかと思える程に。ナルファはそれと同じくらいの関係を目指している。だから遠慮している余裕などないのだった。


ホラーハウスの中に入ってからも、ゆりかは相変わらずだった。このホラーハウスは廃病院をモチーフにしたものであり、裸電球で照らされただけの薄暗い通路が続く。彼女は

そこをおっかなびっくり歩いていた。

「うぅ、なんでこんな事に……お化けは急に襲って来るし、電球もチカチカしてて不安だしぃ」

「そういう商売だからな。チカチカしてるのだって本物の裸電球じゃなくて、多分LED電球を点滅させてるだけだぞ」

「わかってますぅ！　でも、そのせいで反応が一瞬遅れるのが怖いんですよぅ！」

既に何度か怪奇現象を味わい、繰り返し死霊達に襲撃された事で、ゆりかは完全に腰が引けていた。入る前もそうだったのだが、今は足がガタガタと震えており、限界に近い状態だった。特に彼女を怖がらせているのが、照明の点滅と同時にやってくる死霊達の襲撃だ。死霊達は照明が消えている時に襲って来る。消えても非常灯の灯りがあるので完全な闇にはならないが、死霊達は黒っぽいものを着ているのでその姿は殆ど見えない。そして照明が点いた時にはもう目の前という、非常に工夫された襲撃を仕掛けてくるのだ。ゆりかはこの度重なる襲撃に音を上げていた。

「コウ兄さんは落ち着いてるね。こういうの、平気なの？」

近付いて来た琴理が不思議そうに孝太郎の顔を見上げる。薄暗いので近くに来ないと顔が見え辛いのだ。ちなみに琴理の顔は少し緊張気味だ。孝太郎の前でこの顔をする事は珍しいので、彼女も怖がっているのだろう。

「ああ。そもそも偽物だし、来るタイミングが分かっちまうからな」

孝太郎はそう言って軽く肩を竦める。

「分かるの？」

「たとえばそうだな……左から出て来るぞ」

琴理は目を丸くする。

ガシャン
「きゃあああああぁぁっっ！」

「ひうぅぅぅっ！」

左側にあった柱の裏側から、串刺しになった人間が飛び出してくる。これに驚き、ゆりかと琴理が悲鳴を上げた。

「そっか、コータロー様はそれが分からないと困りますよね」

琴理の隣にいたナルファがそう言って微笑む。そうしながらも彼女は胸元を押さえており、彼女もやはり驚いたであろう事が窺われた。

「職業病という奴かな」

落ち着いた様子の孝太郎の視線の先で、串刺しになった人間が柱の背後に戻っていく。

通りかかった者を自動的に脅かす機械装置なのだ。孝太郎が驚かないのは、出て来る直前にその作動音が聞こえたからだった。

「伝説の英雄って職業ですか?」

「職業としては司令官かな」

「ああ、確かにそうでしたね」

孝太郎の場合は、戦闘経験の豊富さが足を引っ張り、この場所の恐怖を大きく減じていた。こうした仕掛けは事前に作動音が聞こえてしまうし、キャストが演じる幽霊は気配で分かる。もちろん孝太郎も楽しむ為にそういう感覚を抑え込もうとはしているのだが、なにぶん無意識にやっている事なので完全ではなかった。

「でもさっきの映像はびっくりしたよ。壁に人の顔が急に出て来る奴」

「あはは、確かにあればかりはコータロー様でもどうにもなりませんね」

「それと多分、本物ならビビると思うぞ」

ここで出て来るゾンビや幽霊は、正常な人間の霊波を放っているか、マネキンなので霊波を全く放っていない。孝太郎はそれもリアリティを削いでいる一因かもしれないと考えていた。

「嘘ですよう、里見さんはぁ、本物が相手でも動じないじゃないですかぁ」

ゆりかが恨めしげな視線を向ける。自分ばかりが怖い目に遭っている状況が、ゆりかには不満だった。

「それはお前もだろうが」

「そうですけどぉ……」

結局、伝説の騎士や魔法少女の場合は、現実の幽霊やゾンビに対するリアクションが弱くなるのは宿命なのかもしれない。

「でもアレだ、お前が急に叫ぶのにはビックリする」

「全然ダメじゃないですかぁっ！」

「ところで……ナルファさんはなかなかどうして落ち着いているように見えるけど。こういうのは平気な方なのかい？」

孝太郎はこの時、ナルファの霊波が不思議と落ち着いている事に気が付いた。ゆりかや琴理は仕掛けや襲撃の度に霊波が大きく乱れる。しかしナルファはそれほどでもなく、普段よりも多少乱れる程度だった。

「あははは、日本とフォルトーゼでは、怖いものに対する感覚に少しズレがあるみたいなんです。そのせいでこういう雰囲気がピンと来ないというか……確かに暗かったり急に出て来たりは怖いんですけれど……」

ナルファはそう言って苦笑した。恐怖の感じ方、それは大きく見れば文化の違いだろう。違う星に住む人間なので、どうしてもそういう細かい部分では違いが出て来てしまう。例えば幽霊が白装束で柳の木の下に立っていても、フォルトーゼ人は何だろうと思うだけだ。日本人は柳の木と幽霊の関連性について知っているから、怖がる事が出来るのだった。

「まあ、いずれティア達みたいにこっちに染まるから大丈夫だろう」

実はティア達も当初は孝太郎達と感覚が合わず、稀にすれ違う事があった。だが今はそうではない。こうした事も時間が解決してくれる問題だった。

「大丈夫……という事は、コータロー様は私がきゃあきゃあ怖がっている方が、嬉しいですか？」

「そうだな。一緒に楽しめているって事になるだろうからな」

不思議そうに辺りを見回しているより、ゆりかのように騒いでいる方が一緒に楽しめていると言えるだろう。その意味においては、ナルファにはきゃあきゃあ騒いで欲しい孝太郎だった。

「じゃあ、そうなるように頑張ります」

「ちゃんと怖がりたいのかい？」

「はいっ」

ナルファも孝太郎の言っている意味は分かる。そして同じ時間と気持ちを共有したいというのは、ナルファが最も望んでいる事だった。

「止めた方が良いですよぉ、絶対！　怖いのが嬉しいなんて嘘ですぅっ！」

だがゆりかはそうではない様子だった。単にその価値に気付いていないだけなのかもしれないが。

「でも私は――――」

「あっ」

孝太郎はそこで何かに気付き、二人に警告しようとする。

ガッシャン
だがそれよりも早く仕掛けが動き出した。今度の仕掛けは、テーブルの上に置かれた食事が、人間の死体に変わるというダイナミックなものだった。もちろんこれも照明を上手く使い、変化のタイミングを隠していた。

「きゃあぁぁぁぁぁっ⁉」

ゆりかはその場で一度飛び上がった後、孝太郎の背後に隠れた。

「いやあぁぁぁぁぁっ！」

琴理は声を上げて胸を押さえる。彼女は驚いても動きがあまり大きくない。そこにも内向的な本質が見え隠れしていた。

「ひゃうぅっ!!」

そしてナルファはというと、今度ばかりは驚いた。単純なビックリ仕掛けで、フォルトーゼ人でも怖いシチュエーションだったのだ。

――あれ、わたし、いま……。

ナルファはいつの間にか目の前の孝太郎に抱き着いていた。狙っての行動ではない。反射的に飛び出したものだった。けれどナルファは自分がそう出来た事が嬉しくて、孝太郎にしっかりと抱き着いたまま、胸の奥で小さくガッツポーズした。

早苗は全部で三人いる。身体と魂が共有されている『早苗ちゃん』と『早苗さん』、そして別の世界からやって来た『お姉ちゃん』だ。この時孝太郎の傍に居たのは、その『お姉ちゃん』だった。

「こういう時に三人別行動って、お前ら恐ろしくズルいな」

「えっへへっへっへ、三倍お得なのです！」

三人の早苗は霊力を介して情報の共有が可能なので、今ここで『お姉ちゃん』が経験した事を他の二人にも共有する事が出来る。それは三人である事を生かして、アトラクションを三つ同時に回れるという事なのだった。

「キチィちゃんのショーを見ながら連撃コラボのコースターに乗り、同時にここでレースをするのです！」

現在孝太郎達は三つのチームに分かれて行動している。基本方針は全員での思い出作りなのだが、それでも時間の都合で完全には要望が満たされなかった。そこで幾つか、分かれて行動する時間が用意されていた。

「ホッホッホ、そんな事をしている余裕はあるかのう？」

ティアが両手を腰に当てて自信ありげにふんぞり返る。孝太郎は今、このテーマパーク内でも屈指の敷地面積を持つアトラクション、カートのレース場にやってきている。この場所ではミニチュアサイズのレースカーに乗り、本当にレースが楽しめるのだ。顔触れは孝太郎と『お姉ちゃん』とティア、そしてクランの四人。ティアは勝負事が大好きで、もちろんこうしたレースも大好きだ。だからこの時を待ちに待っていたティアだった。

「レースは熾烈じゃ！」

ティアの瞳がギラリと光る。当然、目的は勝利だった。

「ふっふっふ、今日は作戦を考えて来たのです！　今日はコースレコードを作る！」

　早苗は基本的にお祭り騒ぎが好きだ。だから彼女も当然勝つつもりでいる。だが本当に勝ちたいのかどうかという点に関しては、怪しいところだった。

「あえて縮小したレース用車両か……面白い発想ですわね」

　そんな二人とは違って、カートそのものに興味があったのがクランだ。彼女は近くに停車しているカートを見付けて目を輝かせ、色々な角度から眺めている。機械いじりが得意で、孝太郎達とラジコンで遊ぶ事もあるクランなので、このミニチュアサイズのレースカーは大好物だった。

「このサイズだと事故の防止もしやすいようだぞ」

　孝太郎とクランの目の前を、前の組のカートが通り過ぎていく。この場所で乗れるカートは最高速度に大きく制限がかかっている。最高速でも速めの自転車と同程度なので、それに準ずる安全対策があれば良いのだ。コースサイドはクッションや積み上げられた廃タイヤ等で守られていて、突っ込んでしまっても大事には至らないように工夫されている。この速度なら十分過ぎる安全対策だと言えるだろう。

「この速度であれば曲がり切れずにコースアウトしても、吹っ飛んでしまったりはしませんものね。それでいて極端に視点が低いから、十分な速度感がある。エンターテイメント性と安全性を両立させる、優れた工夫ですわね」

その程度の速度では遅くてつまらないのではないかと思いがちだが、そこにも工夫があった。カートは運転者の視点が極端に低く、自転車や自動車に比べると非常に地面に近くなっている。おかげで体感速度は倍以上あり、それでいて重心が低くカーブでも車体が安定する。そうした多くの工夫により、手軽にレースが体験出来るアトラクションとして成立していた。

「という事は、全力でアクセルを踏んで良い訳じゃな！」

「ベタ踏みベタ踏み！」

後先考えない二人は既に興奮状態にあった。絶対にコースレコードを作るという、強い意志がその瞳に漲っていた。

「お前らちゃんと加減はしろよ。確かに命の危険は無いのかもしれんが、クッションに突っ込んだだけであっても、一応全てメンテナンスはするんだろうからな」

孝太郎はそう言った後、一応クランに目をやる。すると彼女はこくりと頷く。どうやら孝太郎の解釈で間違っていない様子だった。

「わかっとるわかっとる！　そなたのお姫様を信じよ！」

「ぶぅ、いつもまじめなんだからっ！」

う事が少しずつ分かってきたクランだった。

「大丈夫かなぁ………」

孝太郎は興奮気味の二人に不安げな視線を送る。

「まあまあ、ベルトリオン。あの二人もいつまでも子供のままではありませんわ」

そんな孝太郎をクランがなだめる。折角なのだから楽しんで帰ろう————最近はそうい

う事が少しずつ分かってきたクランだった。

程なく孝太郎達の順番が回ってきた。幾つかプロテクターを身に着けた後、四人はそれぞれのカートに乗り込んでいく。四台のカートはコースに四角形を描くように配置されている。前の二台がクランと早苗で、後ろの二台が孝太郎とティア。この手の事が得意な二人が後方スタートだった。

「遂にこの時がやってきたのう！」

「しかし勝つのはあたしなのです！　今日は絶対いちばん！」

「そうはさせぬ！　何やら秘策があるらしいが、わらわがあっという間に追い抜いてくれよう！」

早苗とティアが火花を散らす中、テーマパークのキャストがコース前方へ向かう。ここはレース場としては小規模ながらも、スタートは雰囲気重視でシグナルと旗を併用して行われる。青のシグナルと同時に旗が振り下ろされたその時がスタートだった。

「皆さん準備は宜しいですか？」

近くに残っていた別のキャストが孝太郎達に最終確認の言葉をかけた。操作の確認やシートベルトの装着などは既に終わっている。後は孝太郎達の気持ち次第だった。

「大丈夫です。始めて下さい」

「分かりました、良いレースを！」

孝太郎が返答すると、キャストはコースの外へ出て行く。その時に彼は前方で旗を持っているもう一人のキャストに手で合図をする。この回のレースのスタート準備が整ったという合図だった。

「………緊張しますわね」

軽く背後を振り返ったクランが、言葉通り緊張気味の面持ちで小さく笑う。

「そういやお前はあまり自分では乗り物を操縦しない方だもんな」

「とはいってもこのカートを自動化しても味気ないですし」

遠隔操作や自動化の技術には定評があるクランだから、こうして自分で直接操縦するとなると多少緊張する。だが嫌いという訳ではない。こうしたシンプルな機械を自ら操るのはそれはそれで楽しいのだ。その辺りの感覚は真空管のラジオやアンプを作った時と似たようなものだった。

「お前なりに走ればいいさ」

「………意外とお優しい言葉を仰いますのね？」

「競技の直前に相手のメンタルを潰すような選手にはなりたくないだけだ」

「嫌いじゃありませんわ、貴方のそういうところ」

――――あれ？

孝太郎はこの時、クランの声が普段とは違って不思議なトーンを帯びている事に気付いた。だから改めてその表情を確認しようとしたのだが、

ビー

その瞬間にスピーカーからスタート準備の合図が鳴り、スタート担当のキャストが頭上に旗を掲げた。今にもスタートという状況になってしまったので、孝太郎は結局クランの表情を確認せずに終わった。

　スタートの合図と共に飛び出したのはティアだった。やはりその抜群の反応速度と、思い切りのいいアクセルの踏み込みが重なって、横にいる孝太郎よりも車体半分ほど前に出ていた。

「先手必勝っ！」

　カート同士が競争する訳なので、前に居るカートはそのまま進路を阻む障害物となる。だからスタートで前に出るのは、非常に効果的だった。車体半分とはいえ孝太郎よりも前に出たので、最初のコーナーに辿り着いた時にはティアのカートの方が前を走る形になっていた。

「やるな、ティア！」

「そこからずっとわらわの背中を眺めておれ！」

　――――まずいな、スタートの遅れが響いている………。

　孝太郎も巧みな運転で前の三人を追ってはいるのだが、やはりティアが孝太郎が使い易い進路を塞いでしまうので、あまり良い結果には繋がっていなかった。

「しかしまずい事になったぞ、コータロー」

「どうした？」

「思った以上にサナエが速い！」

「なんだって⁉」

この時の孝太郎は一人ずつ抜いていくしかない状況なので、今のところはティアの言う通りに彼女の背中だけを見ていた。だがティアの言葉で視線をその先へ向ける。すると確かにコースを疾走する早苗の姿があった。

「あいつ……どえらい事を始めやがった！」

早苗が何をしているのかに気付き、孝太郎は驚愕する。

「どういう事じゃ⁉」

「早苗の奴、霊視で最速ラインを読んで走ってる！　誰のラインなのかは分からないが、このままだとコースレコードを出しかねんぞ！」

早苗――『お姉ちゃん』はその優れた霊能力を使ってコースを走っていた。運転手の霊力は車体にもコースにも残っている。その中から優秀な運転手の霊力を選び出し、操作と進路を完璧に読み取って模倣している。ハンドル操作やブレーキのタイミング、下手をすれば体重の移動に至るまで、今の『お姉ちゃん』はまるでプロのような走りを見せていた。加えて普通はラインや操作が読めても再現はできない。それには普通に運転技術が必要になるからだ。だが『お姉ちゃん』は読み取った霊力をそのまま身体に取り込み、その走りを自分のものにしている。これは霊能力に優れた彼女だからこその、非常に黒に近いグレーな走法だった。

「うぬぬ、仕方ない！　コータロー、一時休戦じゃ！」

「どういう事だ⁉」

「ここで我らが争えば、絶対にサナエに追い付けなくなるじゃろう！　まずはサナエに追い付く！　わらわとそなたの決着はその後じゃ！」

　孝太郎がティアを抜こうとし、ティアが孝太郎の走りを邪魔すると、当然理想的な走りからはかけ離れ、タイムは遅くなる。これでは不慣れなクランは抜けても『お姉ちゃん』には届かない。だったら今は戦いを避け、『お姉ちゃん』を追う。戦いの天才であるティアならではの提案だった。

「どうする⁉　あまり悠長に考えてはおれんぞ！」

「乗った！」

「よし、わらわについて参れ我が騎士よ！」

「仰せのままに、マイプリンセス！」

　今は僅かでも時間が惜しい。孝太郎はティアが走るラインをそのまま追い始めた。ティアは『お姉ちゃん』に追い付く為にかなり無理をしているので、度々縁石を踏んで車体は激しく上下し、高速コーナーリングで左右に大きく振られる。だがその甲斐あって、少しずつ『お姉ちゃん』との距離が詰まり始めた。

クランは最初から勝てるとは思っていなかったので、孝太郎とティアが尋常ならざる勢いでやって来た時、防ごうとはせずに進路を譲った。

「悪いな、助かったぞクラン！」

「コータロー、よそ見をする暇などないぞ！」

「分かってる分かってる！　じゃあな、クラン！」

オオォォォォォォンンンンンッ

孝太郎達は甲高いエンジン音を残して去っていく。勢いはやって来た時と同じか、それ以上だった。

「気を付けて下さいましー！」

クランはそんな二人を見送ると、それまでと同様のペースで走り出した。

――あんな激しい走りで大丈夫ですかしら……？

エンジニア目線では一抹の不安はあったものの、安全対策は万全で危険はないだろうから良いかと、そのまま二人を見送った。

「……ふむ、やはりVRラジコンに比べると様々な刺激が多い分だけ、強い実感が伴うようですわね」

そしてクランはカートのエンターテイメント性や技術面、心理的影響などの分析を再開する。彼女は以前ラジコンをVR操作に改造した経験があったが、視点の低さ故に単純な速度感こそVRラジコンが上回るが、風や重力加速度といった様々な面からカートの方が体験としては優れているのではないかと感じていた。

『ムッ、来たな、ティア！』

『ハッハッハッハァ、捕まえたぞサナエ！』

『先に行かせて貰うぞ！』

『あっ、コラ、コータロー⁉』

『協力はここまでの筈だぞ！』

『ちぃっ！』

『もめてるうちに逃げるっ！』

「ふーむ、やはりラジコンはラジコン、カートはカート、分けて導入するのが良いですわね」

　フォルトーゼにも様々なレースが存在しているものの、なまじ技術力が高いせいで誰でも通常サイズの自動車や飛行機でレースが出来るようになってしまっている。だからクランはこうしたあえて小さくしたカートのレースというのは、商売として成り立つのではないかと考えていた。

『追い付いたぞ、早苗！』

『かくなる上は……憑依合体！　すーぱーれーさー！』

『ムッ、サナエの走りが変わった⁉』

『卑怯だぞ早苗！　流石にそれは無いぞ！』

『おっほっほっほ、孝太郎も魔法使えば良いんだよ！』

「フォルトーゼに導入するとなると……まずはカート場ですかしら。ラジコンでいくとＰＡＦの二の舞になりそうな予感が……」

　フォルトーゼの人間は地球の文化に興味がある。それが青騎士が大好きなホビーとなると、特にそうだった。だからクランは自然とカートやラジコンをフォルトーゼに導入するという事を考える訳だが、ＰＡＦの時に同一業種への影響が大きかった事から、商品よりも体験アトラクションの方が好ましいかもしれないと考えていた。

『そこをのけいっ、コータロー！　わらわはわらわのまま勝利する！』

『カッコいい事言いながら無茶すんな！』

『では負けても良いというのか⁉』

『……その無茶乗った！』

『それでこそ我が騎士！　では参る！』

『にゃーっはっはっはっ！　憑依合体早苗ちゃんの力は、まだまだこんなものではないぞうっ！』

「まあ、ホビー業界もまた一致団結して参入するかもしれませんけれど……まずはエルファリアさんに相談してみましょう」

　エルファリアの方針は技術的な交流の前に、人的・文化的な交流を先行させるというものだ。そうした交流には、カートやラジコンも合うだろう。日本でカートやラジコン文化の振興を行っている組織と歩調を合わせる事が出来れば、悪くはない結果を導ける筈だった。

『最後の勝負じゃ！　あのコーナーを全速で曲がる！』

『お前の体重では軽過ぎて曲がれないいんじゃないか⁉』

『曲がれねば負ける！　ならば曲がってみせよう！』

『無理無理、最終コーナーには高速で曲がれるラインは一つしかないから』

『曲がってみせろ、ティア！』

『だあぁぁぁぁぁあぁぁぁぁぁっ！』

「……あらっ？」

がっしゃん
その時だった。クランの視線の先、コースの最終コーナーで事故が起こった。勝ちにこだわったティアが無茶な速度でコーナーに進入、曲がり切れずにスピン、コースアウトした。そして孝太郎と『お姉ちゃん』もそれに巻き込まれる形でコースアウト。三者絡(から)み合うような形でクッションと廃タイヤのバリケードに衝突(しょうとつ)して止まった。

「あらあら……皆さんご無事でして？」

「な、なんとか……いてて……」

「曲がり切れなかったか、無念」

「でも面白かったね！　またやろうよ！」

「やはり、安全対策は熱くなる人に合わせた方が良さそうですわね」

ぶぅぅぅぅん
クランは三人の無事を確認すると、安全な速度で最終コーナーを通り過ぎ、一位でチェ

ッカーフラッグを受けた。他の三人はというと、仲良くリタイア・記録なしとなった。

三つに分かれていたチームが合流した時、真っ先に孝太郎の異常に気付いたのは真希だった。孝太郎のおでこに擦り傷を見付けたのだ。

「……里見君、この傷は？」

自分が居ない場所で孝太郎が怪我をした。それは彼女にとって非常に重大な問題だ。普段の優しげな彼女とは違い、かつての彼女がしていたような、刺すような尖った視線が孝太郎に向けられていた。

「そんな顔をしなくても大丈夫だよ。カートがコースアウトしてクッションに突っ込んだんだけど、その時ちょっとクッションに擦ったみたいなんだ」

ぶつかったのがクッションだったからこそ擦り傷で済んだのだ。もし他の物にぶつかっていたら大変だっただろう。また、それ以外には誰も怪我をしていない。サーキットの安全対策は万全だった。

「そうでしたか。だったら良かったです」

事情を知ると、真希の視線と表情が緩む。厳密に言うと真希の厳しい視線は孝太郎に向けられたものではなかった。孝太郎が怪我をするリスクを見落としていた自分、あるいはコースの管理者に向けられたものだったのだ。幸いそのどちらでもなかったので、彼女は納得したという訳だった。

「真希さん、これをどうぞ」

そんな真希に対して、晴海が笑顔で何かを手渡す。

「あっ………」

それを受け取った真希はちょっと照れ臭そうに頬を染めた。

「ありがとうございます、桜庭さん」

「ふふふ、真希さんが貼ってあげてください」

「………はい」

晴海が真希に渡したのは絆創膏だった。思慮深い晴海なので、こうした事に備えてバッグの中に忍ばせてあったのだ。とはいえそうした備えの分だけバッグが大きくなってしまい、可愛いバッグを選べないという問題はあったのだが。

――まだまだ敵わないなあ、この人には………。

真希は心の中で白旗を掲げる。真希は日の当たる世界で生きる事を決めた事で、少しずつ女性らしさが成長しつつあったが、まだまだ晴海のようにはいかない。こういう瞬間にその差を感じて、少し照れ臭くなる真希だった。

「……分かります、その気持ち」

そんな真希の耳元で『早苗さん』が囁く。この時『早苗さん』も真希同様に照れ臭そうにしていた。実は『早苗さん』もバッグの中には最低限のものしか入れていない。それはバッグを用意したのが『早苗ちゃん』だからだ。可愛さ最優先で選ばれた麦わら帽子型のリュックには、あまり物が入らなかった。

「何の話だ？」

孝太郎が不思議そうにする。孝太郎には女性の気持ちは謎だし、霊能力で感情を読もうとしていた訳でもなかった。そんな孝太郎に真希は笑顔を向けた。

「女性としてまだまだ修行が足りないなあって、そういう話です」

そして真希は孝太郎の額に絆創膏を貼った。出来れば次は、自分のバッグからそれが出て来るようにしたいと思いながら。

「特に問題があったようには見えないが」

孝太郎はじっと真希を見つめながら首を傾げる。真希は擦り傷に気付いたところからくるくると表情が変わり、孝太郎はそれを可愛らしいと思っていた。

「あはは、そう言って貰えるのは嬉しいんですけれど……桜庭さんのように、いざという時にバッグの中からちゃんと絆創膏が出て来るような女性になりたいと」

「可愛いバッグに、お菓子とジュースだけじゃまずいと思うんです！」

珍しく真希と『早苗さん』が勢いよく反論する。どうやら二人共そこに強い危機感を持っていて、譲れない部分であるようだった。

「そういう備えは俺が持ってれば、藍華さん達は可愛い格好で良いんじゃないか？」

元・野球部の孝太郎なので、ちょっとした救急セットのようなものは当時使っていたスポーツバッグの中に入っている筈だ。それを孝太郎が普段から持ち歩くようにすれば、二人の荷物はそのままで良い筈だ。孝太郎の場合、そもそも可愛いバッグを使う気がないので適切な分担と言えるだろう。

「そ、それは………」

「いや、でも………」

孝太郎の言葉に、真希と『早苗さん』が動揺する。確かに孝太郎の言葉は正しい。だが何かが間違っている。それを上手く言葉にできず、二人は困っていた。そんな二人を救ったのはやはり晴海だった。

「駄目よ、里見君。そういう合理的な答えで女の子の夢を壊しちゃ」

「桜庭先輩？」

「治療そのものが重要ではないんです。ねっ、二人共？」

「そうです、その周りにある、もやもやっとしたものに憧れるというか……」

「孝太郎さんが怪我をした時、孝太郎さんのバッグから絆創膏を出すのは切ないです」

「そんなものかな？」

やはり孝太郎にはよく分からない。

――救急セットなんて誰が持っていても同じじゃないだろうか？

そうやって体育会系の孝太郎が首を傾げた時、周囲にいる人々からわあっと歓声が上がった。人々が待っていたものが現れたのだ。

「おっ、来ましたよ、パレード！」

背の高い孝太郎には、真っ先にそれが目に入った。やって来たのはきらびやかなパレードだった。周囲の人々と孝太郎達は、このパレードを観に来ていた。そしてお喋りをしながらやってくるのを待っていたのだった。

　このテーマパークでは、キャラクターとキャストによるパレードがある。そして夏場には更にナイトパレードが追加される。これは単純に日差しを避ける為の措置ではあるのだが、それだけでは終わらない。パレードはライトアップされ、花火が夜空を彩る。昼間よりも一層豪華で幻想的なパレードとなるのだ。実際、パレードの到来と共にテーマパークの中心にあるお城の上空に花火が上がると、周囲の人々から大きな歓声が上がった。もちろんそれは孝太郎達も同じだった。

「こういう打ち上げ花火を見ると、ああ、夏だなって気がします」

　花火を見上げる晴海の横顔は楽しげだった。孝太郎はその横顔を見て、ふと懐かしい人の事を思い出した。二千年前の世界で、孝太郎は収穫祭に出掛けた事があった。その時に一緒に行った人物は、晴海と同じような表情で祭りの様子を眺めていたのだ。

「………里見君、どうかしましたか?」

　孝太郎が自分を見て微笑んでいる事に気付き、晴海は不思議そうに見上げる。晴海は孝太郎が自分ではない、別の何かを見ているような、そんな気がしていた。

「いえ、何でも。桜庭先輩が可愛らしい感じだったんでつい」

　最近の孝太郎は、晴海相手にもこうした言葉が出るようになってきていた。それは褒めているようであり、からかっているようでもある。ある一定以上に親しい人間だけに向けられる特別な言葉だ。晴海が孝太郎の心の内側に入り込んでいるからこそ、出て来た言葉だった。

「んもうっ、いつもそうやって誤魔化すんですからっ！」

孝太郎の言葉は確かに誤魔化しではあったのだが、この時の頬を膨らませた晴海は間違いなく可愛らしかった。

「そんな事より、最初のグループが来ましたよ！」

晴海と孝太郎のやりとりよりもパレードが気になっていた『早苗さん』は、先頭の一団を見た瞬間にいつになくテンションが上がり、興奮した様子で孝太郎達を呼んだ。

「そんな事じゃありません、そんな事じゃ」

その直前の話題の影響で、珍しく晴海の言葉がきつい。だが結局表情が可愛らしいので大した圧力は無かった。

「す、すみません」

だがそこは内向的な『早苗さん』なので、高まっていたテンションが収まりかける。そんな二人を見て孝太郎はニヤリと笑った。

「桜庭先輩大人げない」

「里見君のせいでしょうにっ！」

「あははははっ」

他人事のように笑う孝太郎に、晴海は激しく抗議する。しかし根本的なところで他人に攻撃的な感情をぶつける事が苦手な晴海なので、何処か可愛らしさや面白さが先行してしまう。孝太郎はそんな晴海を見ながら笑い続けていた。

――ずっと憧れていたな、こういうの……。

抗議を続ける晴海だったが、実際はその胸の中にはそんな思いがあった。大好きな男の子を相手に、あまり重要でない事柄で笑ったり怒ったり喧嘩したり。ずっと憧れるだけだったものに手が届いた訳なので、晴海は幸福だった。そして恐らく、そういう気持ちが彼女の抗議から攻撃的な要素を奪っているのだろう。

「それで最初のグループは何だったんですか？」

孝太郎と晴海のやりとりを見て小さく微笑むと、真希は二人に代わって『早苗さん』に話しかける。すると『早苗さん』は再びテンションが上がり、早口でまくし立てた。

「今回は何と人魚姫ラライナです！　来月公開の映画に合わせたキャンペーンでしょうかねっ!?」

三人の早苗の中では一番内向的で大人しい『早苗さん』だが、この時は鼻息が荒く、その瞳は強く輝いていた。それはまるで『早苗ちゃん』のようだった。真希はそんな彼女を見て、その辺りはやはり早苗なのだろうと思った。

「………はぁ〜〜〜ステキ………」

ひとしきり真希へ解説すると、『早苗さん』の視線は再びパレードに向けられる。そこからはやはり普段以上の情熱が感じられる。真希はそこが気になり、『早苗さん』に問い掛けた。

「『早苗さん』は人魚姫が好きなんですか？」

「へっ⁉　いやー、ええとぉぉ………は、はいっ！　由来とかは、全然知らないんですけど！」

何故か動揺し、咄嗟に言葉が出ない『早苗さん』。そして慌てて取り繕うような調子で繰り返し首を縦に振った。

「由来か………確か人魚姫はデンマークの古い歌が元になっているとか」

そんな『早苗さん』を助けるように、晴海は人魚姫情報を披露する。この時の晴海はもう怒ってはいなかった。元々怒りが長く持続しないタイプなのだ。

「よくご存じですね、桜庭先輩」

だからこの時の孝太郎にも普段通りの笑顔を向けていた。

「今はともかく、昔は本だけはやたら読んでいましたし、あとお姫様には人一倍拘りがありまして」

「なるほど。わはははは！」

病弱だった晴海は、以前は本を読んで過ごす事が多かった。おかげで病院の図書館にあるような本は概ね読破している。人魚姫に関する知識もそうして得たものの一つだった。

「ちなみにフォルサリアには人魚がいます」

一方、真希の人魚知識は晴海とは違い、実体験に即したものだった。

「本当か藍華さんっ⁉」

「はい。ただ、ああいう華やかなイメージではないです」

真希はそう言いながら苦笑する。だがその苦笑は何処か楽しげだった。それは孝太郎には悪戯をする子供のように見えた。

「なにぃ⁉　………って、そりゃそうか。人魚の普通の人がいるって事だもんな」

フォルサリアには人間以外の種族が多く住んでおり、孝太郎もその中の魔物――敵対的な種族とは交戦した事がある。しかし中には人間と敵対していない種族もいる。人魚はそうした友好的な種族の一つだった。

「彼らは漁業と水中での採掘などで生計を立てています」

「あー、魚は当然として、水中の洞窟とかで宝石だの鉱石だの採れる訳か」

フォルサリアの人魚は、絵本やこのテーマパークの人魚のように華やかな暮らしはしていない。もしかすると少数ならいるのかもしれないが、大多数は普通に労働して暮らしている。その辺りは人間の王族と民間人の違いと同じだろう。孝太郎は『普通の人魚』という新しい概念に触れ、いたく感心していた。

「確かに普通の人魚が居ないと社会が成り立ちませんよね」

晴海も興味深いと言いたげに頷く。

「……………知りたくなかった事実です」

逆に残念そうにしているのが『早苗さん』だ。彼女は人魚姫ライナが登場した事でテンションが急激に上がっていたのだが、人魚の現実を知ってちょっと残念そうだった。

『………ぷはぁ、やーっと出て来られたぁ！』

そんな時だった。早苗の身体から幽体離脱して『早苗ちゃん』が姿を現した。息苦しかったのか、出てくるなり何度か深呼吸を繰り返した。

「あれっ、お前ずっと居ないと思ってたけど、まだ身体の中に居たのか」

こういう場所へやってくると、いつも『早苗ちゃん』は大はしゃぎをする。そんな彼女がずっと姿を見せていなかったので、孝太郎は彼女は別の場所に行っているのだと思い込んでいた。

『この子の意思が強過ぎて、出て来られなかったの』

「そんなに人魚姫が好きだったのか……」

　孝太郎は小さく苦笑する。早苗の身体には二つの魂が同居しているが、彼女らの魂は完全に二つに分かれているのではなく、一部が共有されている。だから片方の意思が強く表に出た状態では、支配力が強過ぎてもう一方が幽体離脱出来ない状況というものが発生する。今回は『早苗さん』の人魚姫へのこだわりでそれが発生した訳だが、『早苗さん』が少し落ち着いた事で『早苗ちゃん』が幽体離脱する事が出来たのだった。

『えっ、この子、別に人魚姫が好きな訳じゃないよ』

「ちょ、ちょおっ!?　さっ、『早苗ちゃん』!?」

「ん？　どういう事だ？」

『人魚姫が嫌いって訳ではないんだけど、お目当ては別にいるの』

「やめてー！　止めてよ『早苗ちゃん』!!」

　酷く狼狽した『早苗さん』は、霊体を手繰り寄せるようにして『早苗ちゃん』を捕まえると、間近から強く抗議する。よっぽど都合が悪い話なのか、彼女は必死だった。

『止めても良いけどさ、だったら自分で頼みなさいよ？　あたし、代わりに頼んであげたりしないからね？』

そんな『早苗さん』とは反対に『早苗ちゃん』は落ち着いていた。だが言葉とその視線にはどこか悪戯めいた雰囲気が滲んでいた。

「ウウッ………」

どうやら事情は『早苗ちゃん』が言う通りのようで、『早苗さん』は動揺して言葉に詰まった。だが一時的にでも『早苗ちゃん』が出られないほどのこだわりがある訳なので、やがて『早苗さん』は重い口を開いた。

「あ、あの、孝太郎さん、一つお願いしたい事があるんですけれど………」

話し始めたものの、『早苗さん』は孝太郎を見ない。恥ずかしそうに頬を染め、視線を逸らしていた。

「なんだ、改まって」

「その………」

一旦言葉を切る。『早苗さん』はたっぷり十秒は間を空けた後、言葉を続けた。

「………写真を撮るのを手伝って欲しいんです。私はその………背が小さくて………肩車して頂けると、とても助かります………」

彼女がやりたい事は、パレードの写真を撮る事だった。だが早苗は背が小さいので、写真を撮ろうとすると周りの群衆ばかり映ってしまう。かといって幽体離脱してカメラだけで撮影すると、心霊現象だと大騒ぎになってしまう。そこで孝太郎の出番となる。背が高い孝太郎に肩車して貰って撮影すれば、広い視野を確保した写真が撮れるという訳だった。

「そんな事、気軽に言ってくれて良いのに」

孝太郎は『早苗さん』の求めに応じ、すぐにその場にしゃがむ。『早苗ちゃん』を肩車するなど日常茶飯事なので、どうという事もない話だった。

『でしょー？　意地張ってると損するだけなのにさー』

「そこはその、色々と女の子の事情があるというか……」

照れ臭そうにしながら『早苗さん』は孝太郎の肩に乗る。彼女が腕でしっかりと身体を支えたのを確認すると、孝太郎はそのまま一気に立ち上がろうとする。最近の早苗は入院していた頃と比べると体重が増えてきているが、それでも背丈が低い分だけ軽い。体力自慢の孝太郎は、早苗の身体を担いで難なくその場に立ち上がった。

「丁度きたな」

そんな時、目の前に人魚姫を乗せたきらびやかな車両が通りかかった。馬車を模したデザインだが、人を上に乗せられるようにしてあるイベント用の車両だ。人魚姫はそこで長い尾を揺らしつつ、周囲の人々に手を振っていた。孝太郎は『早苗さん』がその姿を撮影し易いように、身体の向きを調整してやった。

「あの、孝太郎さん、出来ればその、もうちょっと右を向いて頂けると……」

「右？　人魚姫は真正面だぞ？」

『言ったでしょー、孝太郎。その子のお目当ては人魚姫じゃないって』

「なんだか分からんが……こんな感じか？」

孝太郎は身体を少し右側に向ける。すると人魚姫の車両の一つ後ろにあった別の車両が視界の正面に収まる。その瞬間だった。

「シャッ、シャークナイト様ぁぁぁっ!!」

孝太郎の頭のすぐ上から、悲鳴とも溜め息ともつかない声が聞こえて来る。それは間違いなく『早苗さん』の声なのだが、普段の彼女の声とはあまりにも違っているので、孝太郎は何事かと驚いていた。

『あれがこの子のお目当てのシャークナイト。人魚姫ラライナに出て来るワルモノ』

「………なるほど、話が読めて来たぞ」

シャークナイトは鱗状のプレートを貼り合わせて作られた鎧を身に着けた青年だった。それがパレードに居ると分かったから、『早苗さん』は普段よりもテンションが高かったのだ。そして何としても彼の写真を撮りたかった。だから勇気を出して孝太郎にお願いした。その為に肩車をして欲しいと。その理由は誰の目にも明らかだ。シャークナイトは作

中の設定においても、このパレードでも、一目でそれと分かる程の明快な美青年だった。

カシャッ、カシャカシャッ

「孝太郎さんっ、ちょっとずつ向きを変えて下さい！」

興奮気味にシャッターを切りながら、『早苗さん』は孝太郎に指示を出す。それは内向的な彼女にしては珍しい行動だった。

「はいはい、お任せ下さい」

彼女の要望に応じ、孝太郎はシャークナイトを乗せた車両の動きに合わせて少しずつ向きを変えていく。撮影し易くなった『早苗さん』は興奮した様子でシャッターを切り続けた。それからしばらく孝太郎はその状態のまま撮影の手伝いを続けた。実はパレードにはシャークナイトの他にも、何人か美形のキャラクターが居た。おかげで撮影の時間は十数分続いた。

『我が事ながら……あんたって意外と子供みたいなトコあるよネ』

しばらくそんな状況が続いていたものだから、『早苗さん』が撮影を終えた時、『早苗ちゃん』は呆れた様な視線を彼女に向けていた。

「『早苗ちゃん』の意地悪！　本音は知ってるくせに！」

「それが一番子供だと思うんだけどなあ……」

ややこしいのだが、『早苗さん』が美形キャラを愛しているのはあくまで趣味だ。本当に好きな男性は別にいる。正確に言うと『早苗さん』にはその人物の事もキラキラの美青年に見えている。彼女も『早苗ちゃん』同様に他人の霊力や感情が見えるので、現実の世界では外見の事は殆ど気にしていない。ただし霊力や感情の美しさには厳しいので、結局のところは美形好きだ。キラキラした美しい魂を、愛しているのだった。

「私もその辺は分からないではないですね」

晴海はそんな早苗達のやりとりを楽しそうに見つめていた。

「あれ？　意外と美形趣味ですか、桜庭先輩は？」

そんな晴海らしからぬ言葉に、孝太郎は目を丸くする。

「ふふふ、私もホラ、悪魔男爵とは色々ありまして」

「ああ、そういえばそうでしたね」

商店街のヒーローショーは常に人手不足だ。孝太郎達はその手伝いをした事があり、孝太郎はその時悪役の悪魔男爵を演じていたのだ。そして晴海は悪魔男爵に捕まった若い女性の役であり、悪魔男爵と結婚させられたりしそうになったのだ。

「でも先輩、男爵は美形じゃないですよ？」

「設定上は美形でしたよ」

「そうか、化粧されたりアクセサリー着けられたりしたのはそのせいだったのか！」

「それって確か、里見君がヒーローショーに出た時の話ですよね？」

当時の真希はまだ孝太郎達の仲間ではなく、その頃の事は情報としては知っているが、実際の姿は見た事がなかった。

「あの頃の藍華さんはまだ――おっと、写真があるから、帰ったら見せるよ」

「楽しみです、里見君の美形役」

「あんまり期待しないでくれよ？」

「大丈夫、里見君は今のままでも十分美形ですから。ね、『早苗さん』？」

「……………はい」

我慢してもあまり良い事はない――孝太郎達と仲良くなってから、真希はそう思うようになっていた。自分を抑えて敵でいる事にこだわった結果、楽しい事を幾つも逃したのだ。だから『早苗さん』の事もそう思っている。美形が好きなら、好きなだけ追いかければ良い。後できっと楽しく、今日の事を語れる日がやってくるのだろうから。

孝太郎達が遊びに行ったテーマパークには、大きなスーパー銭湯が併設されている。テーマパークで散々遊んだ後に、そこで汗を流して貰おうという訳だ。売りは地下千メートル近くから汲み上げている天然温泉で、肌に優しいと女性達に評判だった。そうした噂を聞きつけた女性陣のたっての希望で、帰りに立ち寄る事に決まったのだった。

「……まあ、俺達も風呂は嫌いじゃないしな」

賢治は髪を洗いながら隣の孝太郎に目をやる。ちなみに孝太郎は身体を洗っている最中で、泡だらけだった。

「驚きはしたぞ。こういうのってテーマパークの隣にあるイメージがなかったからな」

「それは先入観だ。実は日本だと大体どこでも千メートルも掘れば温泉が出るらしい」

「そうなのか!?」

孝太郎は大きく目を見張る。賢治は落ち着いた様子で頷いた。

「ああ、ちゃんと掘ればな」

有名な温泉地では地表付近まで豊富に温泉が湧いている訳だが、火山が多い日本なので、深く掘れば比較的温泉は出易い。とはいえ常に例外はあるので、実際に掘る前にきちんとした調査をする必要はあったのだが。

「だから集客力がある施設で、お金と土地に余裕があるなら、隣にスーパー銭湯を作って儲(もう)けられるって寸法だ」

　しかしどちらかと言えば、それをするだけの十分な土地と予算があるかどうかが問題だろう。用地の確保や試掘(しくつ)調査だけでも結構なお金がかかる。テーマパークが十分な利益を出していなければ、掘削(くっさく)には踏(ふ)み切れないだろう。

「帰りの家族連れを丸ごと吸引出来るもんな」

「実際、東京湾(とうきょうわん)にもでかい温泉施設があっただろ？　あれは特定の施設の隣という訳ではないが、あのあたり一帯で集客してくれる訳だな」

「あれはそういう仕掛(しか)けだったのなー」

　孝太郎は感心しながら身体の泡を流していく。それが済んだ時、孝太郎は何かを思いついてニヤリと笑った。

「ところでマッケンジー、サウナで我慢比べしようぜ」

危険なので他人には勧(すす)められないが、昔から孝太郎と賢治は一緒(いっしょ)に銭湯や温泉に行くとよくこの手の遊びをしてきた。だが賢治は多少呆れた様子だった。

「成長しない奴(やつ)だな」

「んで、やるのかやらないのか」

「受けて立とう」

「よし、行こうぜ」

孝太郎と賢治は連れ立ってサウナに向かう。するとその時、女湯の方からわあっという歓声らしきものが聞こえて来た。この場所では通気性の確保の為に、天井と壁は完全に接続はされておらず、僅かな隙間がある。声はそこから聞こえて来ていた。言葉の内容までは分からなかったが、恐らくは少女達の声である事は分かった。

「楽しそうで何よりだ」

孝太郎は一瞬壁の方に目をやったが、すぐに視線をサウナへ向ける。孝太郎の興味はサウナに集中していた。

「……お前、自分がどれだけ危ない状態か分かってないだろう?」

「危ないのは確かだな。このところ、厄介な事件が多い」

孝太郎は軽く肩を竦めるとサウナの戸を引いて開けた。すると中から熱された空気が溢れ出てくる。サウナ特有の空気だった。孝太郎と賢治は一緒にサウナに入っていく。幸い他には誰もおらず、二人は中のベンチに腰掛けると、そのまま話を続けた。

「そうじゃなくて……お前はあの子達から一人を選ぶつもりなんだろう?」

「まあ、そうだな」

孝太郎はもうそこは隠そうとは思っていない。少女達を大切に思えばこそ、しっかりと問題と向き合い、きちんと一人を選ぶ必要があると思っていた。

「そうなると、その所属勢力はどうなると思う?」

「うん? どういう事だ?」

「だから………簡単に言えば、マスティルとシュワイガの対立構造がおかしな事になるって言ってるんだ。どちらを選んでも大事なんだぞ?」

「あっ………」

それは孝太郎が意識してこなかった話だった。孝太郎の意識はあくまで少女達に向けられていて、彼女達が所属しているものには注意を払わずにきた。フォルトーゼの皇族、大地の民の次期族長、フォルサリアの指導者層であるアークメイジ。孝太郎の傍にいる少女達の多くが、強力な組織において重要な地位に就いていた。例外は静香や早苗ぐらいだろう。その中から一人を選ぶという事は、その組織とも関係が強くなる事を意味している。それが各勢力のパワーバランスに影響を与えるぞ、というのが賢治の言葉の真意だった。

「俺にはそんなつもりは―――」

「お前と女の子達はそうだろう。だが他の人間はそうは思わない。お前の嫁の所属組織に対して、厳しい対応が出来ると思うか?」

「………」

孝太郎は答えられない。確かにそれは起こり得る話だった。孝太郎の選択が結果的に世の中を変化させてしまう。贔屓をするつもりなどないのに、結果的にそうなってしまうのだ。これは孝太郎には頭の痛い問題だった。

「そうなると笠置さんや東本願さんを選ぶしかない訳だが――」

「それはおかしい。その理由での選択などあり得ないぞ」

「つまりはそういう事だ。お前、本当に一人を選ぶ事が可能だと思っているのか？　お前が望むように、世の中に何の影響も与えずにだぞ？」

「うっ………」

「だったら――まあ、よく考える事だな」

賢治はあえて最後までは言葉にしなかった。だが孝太郎にも賢治が何を言おうとしたのかは想像がつく。それはとても難しい問題で、そんなに簡単に結論が出るような話ではない。孝太郎の悩みは深く、結果的に賢治との我慢比べには勝利したのだった。

通常は湯船には人間の身体以外は入れないのがルールだ。だが何事にも例外はある。有難い事に、このスーパー銭湯ではその例外を認めてくれた。

「良かったですねぇ、ここの人達に理解があってぇ」

「本当にそうね。みんなと一緒に入れて良かったわ」

そう笑顔で話し合うのはゆりかとナナだ。ナナの身体は多くの部分が人工物に置き換わっている。お風呂に入る時にはその人工四肢は外すべきなのか、そのままお風呂に入って良いのか、というのは非常に難しい問題だ。ズルをしたくないナナは、その確認を取りに行った。すると支配人は一言こう答えた。

『当店では、お客様のお身体が何で出来ているのかを問いません。ゆっくりと当店自慢の温泉をお楽しみ下さい』

少女達が歓声を上げたのは、姿を現したナナがその話を少女達に伝えた時の出来事だった。

「ただ……ここの温泉は多少アルカリ性のようですから、後で一度メンテナンスにおいで下さいませ」

並んでお湯に浸かる二人に、ルースが笑いかける。ナナの人工四肢には軍事グレードの防水処理が施されているが、何事も過信は禁物だ。一応予備に取り換えて、その間に洗浄するのが適切だろうと思われた。

「どうもありがとう。伺わせて頂きます」

「はい」

「やっぱりね、こういう身体だとお風呂では多少不便さを感じる事があるんだけど、ここの銭湯のように理解があったり、ゆりかちゃんやルースさん達が助けてくれるから、みんなと一緒に楽しめてるわ。ありがとう、本当に」

ナナはそうして改めて礼を言った。その時の笑顔は言葉以上の感謝に溢れていて、まるで天使のようだった。

「いつでも呼んで下さいませ」

「そうですよぅ、弟子の務めですぅ」

ナナのように身体的なハンデがある人間を必要に応じて手助けする事を、二人は負担だとは思っていない。ルースはそれが騎士の務めだと思っているし、ゆりかは正義の魔法少女はそういうものだと信じている。二人にはそれが当たり前だった。

「でもでもぉ、ナナさんが軍隊に居る時はぁ、大変そうですよねぇ？　男の人に頼む訳にもいかないしぃ」

「そうでございますね。幾ら信用できる仲間だと言っても、流石に男性にお風呂に入れて貰うのは抵抗があるのではありませんか？」

「正直に言うと、それはあるわね。やっぱりこう、ちょっと怖いというか……色々な意味で、心配というか……」

ナナは頷く。やはり人工四肢を外すと完全に無防備になってしまうので、信頼している仲間であっても男性は少し怖い。それでいて逆に、自分の真実の姿を知られて男性から興味を失われるのも怖いのだ。それは女性として困った二律背反だった。

「かといって連隊長――ネフィルフォラン殿下に頼む訳にもいかないしね」

じゃあ女性に頼めばいいという事になるだろうが、フォルトーゼでも軍隊には女性が少ない。特にナナがいるような前線の部隊ではそうで、風呂の手伝いを頼める程に親しい女性隊員は上官であるネフィルフォランぐらいだろう。しかしそのネフィルフォランは皇族だ。皇族を相手にお風呂の手伝いをしろとは言い出しにくかった。

「構わんじゃろ、別に。わらわやクランになら頼めるんじゃろうし、ネフィでも」

ティアが口を挟む。ナナのお風呂の手伝いは、ティアもクランも何度か経験済みだ。そのナナならネフィルフォランに遠慮する必要は無いだろうし、ネフィルフォランにとってもナナはそうする価値がある相手の筈だった。お風呂の手伝いは必要だが、無敵の副官が手に入る――ネフィルフォランは喜んで手伝うだろう。

「ティア殿下とクラン殿下は特別です。上手く言えませんけれど……」

「まあ、分からんではない。確かにわらわもクランとネフィルフォランでは、少し違う気がするでのう」

ティアはそう言って小さく笑う。クランとネフィルフォランに対する感覚の差は、もしかしたら時間的な問題なのかもしれない。だが少なくとも今はそうであるというのは紛れもない事実だった。

「これは、おやかたさまに相談した方が良いかもしれませんね」

ルースはこの時、孝太郎に事情を伝えて、きちんとした対応をして貰おうと考えていた。多少身内贔屓にも思えるが、現時点で最強の兵士であるナナには、そうするだけの価値があった。

「……………里見さんかぁ………そうして、みようかな………」

だがこの時、ナナはルースとは別の事を考えていた。孝太郎が一緒に居る時は、孝太郎にお願いして洗って貰うのだ。ネフィルフォランの連隊は孝太郎の支援で戦う事が多いので、戦場でお風呂が必要な局面では高い確率で近くに孝太郎がいる。そしてナナはネフィルフォランには頼めない事でも、孝太郎には頼めそうな気がしていた。加えてナナには気になっている事があった。孝太郎が――あるいは男性全般が――部分的に機械に置き換わっているナナの身体に、女性としての魅力を感じてくれるのかどうか、それを確かめてみたかったのだ。

「でもでもぉ、私が近くに居る時には私が何とかしますよぉ！」

「ありがとう、頼もしいわゆりかちゃん」

「えへへへへぇ、時々弟子らしい事もしないとぉ、罰が当たりますぅ！」

だが今はゆりかが一緒にいる。最近は少しずつだが、頼りになるようになってきたゆりかだ。そしてナナは、時には他人に頼っても良いのだと、それは幸せな事なのだと、理解し始めていた。

「そういえばルース、最近はまた一緒にお風呂に入るようになったが……一時期止めておったのう。あれは何でじゃったかのう？」

「止めたのは殿下が地球に来る直前くらいだったように記憶しております。確か、自立を考えるべきだと仰っていたような気が致します。しかしシズカ様に惨敗した後から少しずつ再開されました」

「そうだったそうだった、あの時にシズカに惨敗して妙な独り善がりは駄目だと悟ったんじゃった」

ティアは地球に来る直前ぐらいから、自立を意識し始めた。だからルースとの関係も一度見直したのだ。だが地球へやって来て静香に惨敗し、そこからの流れで孝太郎達との関係が改善していく中で、友達は友達だろうという結論に落ち着いた。そして早苗達と一緒に入るのに、ルースとは入らないというのは明らかにおかしかったので、ルースとの関係も元に戻ったのだった。

「結局、意地を張っても得は無いという事じゃ。我らもナナも、そしてきっと――」

ティアはそう言いながら、壁の向こう側、男湯の方向を見た。

「――あやつもな」

「生真面目な方ですから、色々と時間はかかりそうでございますが」

ルースは軽く顔を拭いながら微笑む。

「ふふ、そうじゃな」

少女達に共通する最大の問題は、彼の人物がいつ観念するかという事だった。だが彼の人物は真面目で道理を重んじるので、ルースが言うように多くの時間が必要だろう。けれどティアには既に結論は出ているように感じられる。何故なら彼の人物は今もなお迷っているから。それはつまり全員を幸福にする方法を探しているという事。そして一人を選ぶという事が、それには繋がらないと気付いている――その程度はともかく――という事になるからだった。

夏休みの出来事を伝え終えた後、ティアは最後に海でのサプライズパーティの時の話をした。ナナのお風呂問題についての話を最後までするには、どうしてもその話もする必要があったのだ。

「そうですか……レイオス様なら、確かに全てをお任せしても安心でしょう」

ナナはサプライズパーティの準備で泥だらけになった際、入浴の手伝いを孝太郎に頼む事にした。その判断は正しい。自分がナナの立場でも孝太郎に頼むだろう。エルファリアは納得した様子で大きく頷いた。

「でも……レイオス様はどうなさったのですか？」

判断として正しくとも、孝太郎は困った筈だ。エルファリアはこの時だけは心配そうにしていた。

「当初は渋っていたようですが、他の男性は少し怖いという話や、セキュリティ権限の問題を持ち出されて、最後は首を縦に振ったとの事です」

「そうでしたか……レイオス様が……」

孝太郎がナナの為に道理を破った――それはエルファリアにとってはかなり大きな意

味を持つ。ナナは孝太郎よりも年上であり、そして大きなハンデを抱えている。抱えているハンデには違いがあるものの、ナナはエルファリアと同じような状況にあったと言えるのだった。

「あやつも素直ではありませぬが、母上も素直になって良いのではありませぬか？」

素直になる。それはつまりナナのように甘えるという事だった。

——それでもあの方には……失われたぬくもりを注いで差し上げたい……その為にはどうしても……。

ナナのように甘えたい、そう思わなくもなかった。しかしエルファリアには、自分にしか出来ない事があるとも思っていた。

「意地を張っても、何も良い事はございませぬぞ、母上！」

せっかちなティアはエルファリアの返答が待てず、そう続けた。そんなティアにエルファリアは小さく笑いかけた。

「それでも……レイオス様の母親になれるのは、私だけですから」

エルファリアには分かっている。孝太郎は絶対に表には出さないが、その心の奥底で、母親の死が燻っているという事が。そしてエルファリアだけが、孝太郎の母親になれる。孝太郎がティアと結婚するという事は、そういう事でもあるのだ。孝太郎の心の奥底に隠された傷を癒せるのは自分だけだ――エルファリアが孝太郎とティアが結ばれる事を望むのは、そんな思いも大きく影響していた。しかしティアはなおも首を横に振った。

「良いではありませぬか！　母親であり、妻であっても！」

ティアはエルファリアを真正面から見つめ、堂々とそう言い切った。彼女は本気でそう思っていたのだ。

「へっ……」

そんなティアの言葉に、エルファリアは絶句した。彼女にはその発想は無かった。母親か妻か、二つに一つ。ならば娘を妻にして自分は母親になろう――彼女はずっとそう思い込んでいたのだった。

「……ふふ、そういう無鉄砲な発想が出来る貴女が羨ましいわ、ティア」

だがエルファリアはそれでも首を横に振った。そういう力強く前向きな発想が出来るのは、ティアの若さゆえだと思うから。

「母上」

だがティアは厳しかった。恐らく、ティアがこれほどまでに厳しい表情でエルファリアに相対したのは初めての事だろう。

「アライア帝はかつて母上と同じように自分を抑え、道理を重んじて身を退きました。母上もアライア帝と同じ事をなさるおつもりか？」

ティアは知っている。それからアライアがどれほどの長い刻と道程を経て、再び孝太郎と巡り合ったのかを。同じ事をエルファリアにはさせられない。王権の剣の加護がないエルファリアにあるチャンスは一度きりなのだ。

「……強く、優しくなりましたね、ティア」

ティアが何故厳しく言うのか、エルファリアにも分かっている。ティアはただエルファリアを思いやっている。たとえそれでティアの幸福が損なわれようとも。自分だけが幸福で良い筈がない。そうではない道がきっとある。それは母親の幸福をも願う、娘からの深くも誇り高い愛情だった。

「わらわはずっと子供のままでいたかったのですが、母上がまるで子供のように意地を張ります故、致し方なく」

「………ふぅ………」

この時のティアの強く輝く瞳を見て、エルファリアは遂に観念した。そして大きく息を吐き出すと、どこか吹っ切れたかのような、明るく優しい笑顔を覗かせた。

「………そうですね、ティア。大人だからこそ、時には子供のように、わがままを言うべきなのかも、しれませんね……」

子供はわがままを言う。だが背伸びする子供は我慢をする。そして大人は――――時と場合によって両者を無理なく共存させるべきだ。誰か一人のわがままに振り回されたり、誰かがずっと我慢をし続ける状況は、とても健全とは言えないからだ。何より、エルファリアが誰よりも信じる青い鎧の騎士は、そういう不健全な状態を許さないと思うから。だからエルファリアは、意地を張るのを止めようと思ったのだった。

「はい。是非その様になさって下さい」

ティアは嬉しそうに笑い、大きく頷いた。結果的にライバルを一人増やした訳なので、それはティアにとって損な行動だったと言えるのかもしれない。けれどティアは少しも後悔していない。山を登る時、楽だからといって山を爆破して低くするのは愚かな行為だ。山を愛すればこそ、愚直に登らねばならないのだった。

ころな陸戦規定

NEW! 2011/11/5

第三十五条改正

ころな陸戦条約に批准した者、及びその交友関係にある者は、結婚を政治的、外交的に利用しない事を確認する。

第三十五条改正補足

なあティア、これって何で変わったんだ？　何も変わっておらぬぞ。ただ我らの周辺にいる者も利用されやすいと気付いたのじゃ。　例えば？　既に貴族や騎士の何人かが、こちらで大人気のコトリを息子の嫁に欲しいと申し出て来ておる。　なるほど、そりゃ守っておいた方が良いな。　そうじゃろ？　何も変わっておらぬ、何もな。

あとがき

御無沙汰しております、作者の健速です。最近は目の問題も片付いて、多くの物事が元の生活に戻りつつあります。ただ、流石に完全に元に戻ったとは言えず、若干部屋が埃っぽいです。眼内レンズも万能ではなく、色の濃さが見分けにくく、埃なんかは結構たまるまで見えません。だから最近は汚れが目につく前に掃除をするようになりました（笑）とまあ、元気にやっております。

私の近況はこのぐらいにして、この巻の中身について触れたいと思います。この巻は以前WEB上で『六畳間の侵略者!? へらくれす！』として公開していた短編を三本と、書き下ろしの中編が一本という構成になっています。短編一本と中編がティアとエルファリアが軸になっているので、かなりフォルトーゼ皇家推しの巻となっています。特にエルファリアに関しては、少し印象が変わるかもしれません。読まれた方はどのように感じましたか？

それと今回が『へらくれす！』巻だったので、次は四十三巻の続きに戻ります。ラルグウィンを生け贄にして、遂に復活したマクスファーン。そしてそれを支える忠臣グレバナスと、目的不明の灰色の騎士。復活を防げなかった孝太郎達は、彼らの攻撃をいかに防ぐのか。二千年前の戦いではルール無用だったマクスファーンが、今回だけルールに従うなんて事はありえません。また今回は時間のループと台本の助けがない訳なので、非常に厳しい戦いになるでしょう。今回の戦いは、チャンスは一度きりなのです。

これから次の巻の作業に入ります。皆さんを楽しませられるよう頑張りたいと思いますので、引き続き応援をよろしくお願い致します。

あ、そうだったそうだった、今回はあの話をしようと思ってたんだ。実はこの『六畳間の侵略者!?』は英語版も存在しています。しかし当初は電子版のみで、紙の本は存在していませんでした。ですが電子版の売り上げが好調であった為に、紙の本を出版する為のクラウドファンディングが行われました。目標金額は五万ドル、およそ七百五十万円ほどです。ですが恐ろしい事にこの目標額は一日経たずにあっさりと突破、最終的に十六万五千ドルに到達しました。これはおよそ二千五百万円です。おかげで無事に紙の本が出版される事となりました。出資して下さった皆さん、本当にありがとうございました。

さて、このクラウドファンディングでひとつ面白い事が起こりました。実はクラウドファンディングの出資額によってリワードが変わるのですが、その中に『作者と会って夕ご飯を食べる権』というものが含まれていました。私は流石にこれは起こらないだろうと踏んでいたのですが、何とお二人がこのリワードを獲得。来日される事になりました。

しかし問題はここからで、例の感染症問題のせいで渡航の制限がかかり、一時は来日が危ぶまれていました。ですがそれから二年の時を経て、遂にお二人が来日しました。良かった今も作品が続いてて（笑）危ないので名前を書く訳には行かないから大まかに紹介しますと、学生のJ君と、技術屋のJ君。両方ともイニシャルがJのお二人でした。そんな訳で一緒にすき焼きを食べに行きました。もちろん言葉が通じないので、通訳として英語版の出版やクラウドファンディングの主催をして頂いているJ-novel clubさんのスタッフが同行。HJ文庫側からも何人か同行したので、結構な大所帯となっていました。しかも結構高い店。大丈夫だったのかなぁ？

食事の最中には幾つか質問を貰って、それに答えたり。逆にこちらは好きなキャラを訊いたりとか。ルースと真希だったかな？　それぞれのキャラについて裏話をしたりとか。ルースの話は無人機、今風に言うとドローンの話をしました。つい何年か前にルースにやらせた無人機の攻撃方法が、今は実際の戦争でも使われるようになってしまい、新たな必殺技を考えている、というような話をしました。真希は猫の話。あまり自分からお喋りをしない真希なので、その優しさを出すにはペットを飼う方が良いかもしれない。そして魔法少女や魔女は猫の使い魔のイメージがあるよね、というような感じでごろすけの登場となった、というような話をしました。あと折角遠くから来てくれたんで作品の秘密を話そうかとも思ったのですが、話すとこの先つまらなくなりそうだからやっぱり止めようかみたいな話をしたりとか。私は違う文化圏から来た人々には興味津々で、以前から外国の人達にこの作品がどのように見えているのかに興味がありました。その辺の事が幾らか分かった事もあり、大変楽しい時間を過ごす事が出来ました。JJ兄弟、どうもありがとう。そして今後ともよろしく。また日本に限らず世界各地のファンの皆さん、いつも応援して下さってありがとうございます。

そうだ、その食事会の時にJ-novel clubさんの方から質問があったんですが、面白い質問だったので紹介しておきます。その質問は『六畳間の並行世界は網目構造とされているが、その着想は何処から来たのか』というものでした。

網目構造を思い付いたきっかけは、二次元世界を想像した事でした。二次元世界の住人は縦横の認識だけで、高さ方向を認識出来ないでしょう。そして彼らは恐らく三つ目のパラメーターは並行世界だと考えます。我々三次元の住人が四つ目のパラメーターを並行世界だと考えるように、です。しかし実際は高さというパラメーターであり、並行世界を示すパラメーターではありません。だから四つ目のパラメーターも本当は並行世界ではないのかもしれません。ですが私はあえて並行世界と捉える事にしました。これは完全に物語の都合です。そうじゃないと困るのです（笑）

しかしこの二次元と三次元の比較により、ある一つの考え方が生まれました。二次元人はビッグバンを縦横方向に起こると考えるでしょうが、実際には三つ目のパラメーター、高さ方向でも起こっています。彼らが並行世界と考える高さ方向です。ならば四つ目のパラメーター、我々が思う並行世界方向でも起こっているのではないか。宇宙が広がり続けるように、世界は無限に増え続けているのではないか——という考え方でした。

ここまでくれば後はもうワンステップです。現代科学では、宇宙には二つの終わりが示唆されています。それは無限に広がり続けるというものと、ある段階から膨張が反転して縮小が始まり最初の一点に戻るというものです。私は本作では後者を採用しました。やはり本当の意味で無限に増え続けるのはイメージし難かったのです。それにエネルギーの使い過ぎのようにも感じていました。そしてこの縮小は、もちろん並行世界方向でも起こります。つまり増えるだけでなく減る事もあるのです。三次元宇宙では膨張と収縮が常に起こっていて、今は膨張が優勢という状況。なので並行宇宙も分岐と合流を繰り返しつつ、今は分岐が優勢な状況なのであろうと考えました。こうして分岐と合流を繰り返しつつ、今は分岐が優勢な網目構造の宇宙――六畳間の侵略者!?における宇宙観が完成したのです。

話をした時にちゃんとした説明が出来たかどうか不安でしたが、ここに書いておけば伝わるでしょう。J-novel clubさんなら仕事で読むと思うので。私信でした（笑）

あ、私信と言えばもう一つ。私のX（旧Twitter）については以前紹介しましたが、実は最近YouTubeのチャンネルを開設しました。『たけはやおじさん』というチャンネルで、YouTubeから@takehayaojisanと検索すればアクセスできます。このチャンネルではゲームのプレー動画を配信しています。私の歳は四十代後半に差し掛かっていますが、この歳になると仲間達は次々とゲームから卒業していきます。家庭を持って子供が出来たら、そりゃそうだよね。だからそれに抵抗して、ちょっとで良いから私のゲームに一喜一憂する人を増やそうと思った訳です。要するに減っていく仲間の代わりのチャンネルです。だから友達のゲームプレーを眺めるつもりで観て頂けると嬉しいです。チャンネル登録もして頂けると更に嬉しいです（笑）

それと帯に書いてある件について、ちょっとだけお伝えしておきます。実は来年は『六畳間の侵略者!?』の小説の十五周年、アニメの放送からだと十周年という年にあたります。それを記念して『全話いっき見ブルーレイ』というものが発売されます。これはもう文字通り、ディスク一枚に全十二話を詰め込む事で、一回再生ボタンを押すと最後まで一気に観られるという、とてもズボラな商品です。中身などの詳細は帯に書いてあるＵＲＬからご確認下さい。あとがきを書いている時点では、まだ私の所に確定情報は来ていません（笑）そんな訳で来年は記念すべき六畳間十五周年＆アニメ十周年。一緒に盛り上げていきましょう！

そろそろページがなくなってきました。今回のあとがきは四から九ページという話ですので、この辺で終わりたいと思います。それでは最後にいつものご挨拶を。

この本を出版するにあたってご協力頂いたＨＪ文庫編集部及び関連企業の皆さん、初の色付きセイレーシュも綺麗に仕上げてくれたイラスト担当のポコさん、遠いところをわざわざ御来日頂いたＪＪ兄弟とJ-novel clubの皆さん、そしてこの第四十四巻をお買い上げ下さった読者の皆さんに、心より御礼を申し上げます。

それでは四十五巻のあとがきで、またお会いしましょう。

二〇二三年　十月

健速

単行本①～⑤巻
好評発売中！
原作／健速
キャラクター原案／ポコ
漫画／有池智実
5
堂々完結!!!

コミック版
漫画:六畳間の侵略者!?
ファイアCROSS
firecross.jpにて配信中!

HJ文庫 https://firecross.jp/
1121

六畳間の侵略者!? 44

2023年11月1日　初版発行

著者――健速

発行者―松下大介
発行所―株式会社ホビージャパン

〒151-0053
東京都渋谷区代々木2-15-8
電話　03(5304)7604（編集）
　　　03(5304)9112（営業）

印刷所――大日本印刷株式会社

装丁――渡邊宏一／株式会社エストール

Printed in Japan

ISBN978-4-7986-3337-4　C0193